Hansjörg Schertenleib

Der Antiquar

Hansjörg Schertenleib, 1957 in Zürich geboren, lebt im County Donegal in Irland und in Zürich. Er ist Autor zahlreicher Romane, Erzähl- und Lyrik-Bände, Theaterstücke und Hörspiele. Sein Bestseller *Das Zimmer der Signora* (AtV 2106) erhielt den Kranichsteiner Literaturpreis, für *Der Papierkönig* (AtV 2108) wurde ihm der ndl-Literaturpreis verliehen.

Bei AtV sind außerdem der Roman *Die Namenlosen* (AtV 1853), *Von Hund zu Hund. Geschichten aus dem Koffer des Apothekers* (AtV 1912) sowie die Novelle *Der Glückliche* (AtV 2276) lieferbar.

Das Leben des Antiquars Arthur Dold gerät nach einem Überfall aus den Fugen. Er beginnt seiner Vergangenheit nachzuspüren, den Sehnsüchten, Wunden und Bildern der Kindheit, als er, der Sohn des Gärtners, eine großbürgerliche Jugend als Zaungast erlebte.

Poetisch und eindringlich schildert Hansjörg Schertenleib die Geschichte eines Mannes, der noch einmal seine Vergangenheit erfaßt und dadurch einen neuen Blick auf sich selbst werfen kann.

Hansjörg Schertenleib

Der Antiquar

Roman

aufbau taschenbuch
AUFBAU VERLAGSGRUPPE

ISBN 978-3-7466-2397-9

Aufbau Taschenbuch ist eine Marke der Aufbau Verlagsgruppe GmbH

1. Auflage 2007

Umschlaggestaltung Mediabureau Di Stefano, Berlin
unter Verwendung eines Fotos von Peter Rohde, 98fahrenheit
Druck und Binden GGP Media GmbH, Pößneck
Printed in Germany

www.aufbau-taschenbuch.de

Für Andrea

Der Weg vollendet sich.
Der Schnee fällt in tausend Flocken.
Mehrere Rollen blauer Berge sind gemalt worden.

Shōbōgenzō

I

Am siebzehnten November fiel der erste Schnee.

Im Morgengrauen sanken mit einem Mal Flocken vom Himmel, bald sah man ausgelassene Schulkinder tanzen, und es schneite weiter, bis die Abenddämmerung hereinbrach.

Arthur Dold saß den ganzen Tag über Karten und Atlanten, sah gelegentlich in das unaufhörliche Schneetreiben und gab es auf, Kundschaft zu erwarten. In den Morgenstunden hatte er seinen Platz ein einziges Mal verlassen; er war auf die Gasse getreten, hatte einen Cigarillo geraucht und die Arbeiter beobachtet: Hatten sie endlich einen Pfad durch die Häuserschlucht geräumt, waren die ersten Meter wieder zugeschneit. Danach hatte sich Arthur Dold Teewasser aufgebrüht und war in die stille und geordnete Welt der Karten zurückgekehrt.

Am frühen Nachmittag briet er sich einige Eier, ließ das Telefon läuten und saß die folgenden Stunden über einer Reproduktion der Ebstorfer Weltkarte. Tief waren am Vortag Wolken über die Landschaft hingeflogen, schnell, und er hatte sich die Erde einen Augenblick lang als Kugel vorstellen können. Lea, hatte er denken müssen, Lea, wo bist du?

Sein Geschäftsraum, kaum größer als fünf Meter im Quadrat, wurde von einer Wendeltreppe beherrscht, über welche man in seine Wohnung gelangte. Hüfthohe Regale, Vitrinen und Schubladenschränke führten, angeordnet wie sie waren, die Kunden an allen Stichen, Atlanten, Drucken, Karten und Reiseführern vorbei. Zuletzt trat man vor seinen Verkaufstisch, wo ein Leuchtglobus im Durcheinander von Notizblättern, ausgerissenen Zeitungsaffichen, Schreibgerät und Editionsprospekten für angenehmes Licht sorgte.

Hinter dieser Lade pflegte sich Arthur Dold zu verschanzen.

Aus seinem ausrangierten Kontorsessel hatte er die Eingangstür im Blick, ohne selbst sofort bemerkt zu werden. Außerdem stand sein Sessel vor ein Fenster gerückt, das er nachträglich hatte in die Wand fügen lassen. Er liebte es, im Lichte von Tischlampe und Globus über Landkarten zu sitzen und mit dem Zeigefinger neue Routen abzufahren. Hatte er sich in einer Hochebene verirrt, brauchte er bloß den Blick zu heben, um in die Wirklichkeit zurückzufinden. Durch sein Fenster sah er das Kopfsteinpflaster der Gasse, die Schaufenster eines Schuhmachers und Fassaden engstehender Altstadthäuser. Senkte er nach einigen Minuten erneut den Blick auf die Karte, nahm eine weitere Reise ihren Anfang. Über geschraffte Felswände gelangte er aus dem Hochplateau, stieg durch vereiste Couloirs, folgte dem Lauf eines Baches, trieb durch einen Strom, seitab Sumpf, und kam in flaches Land, wo bis zum Horizont hin Bäume standen.

Mit der Dämmerung fand der Schneefall ein Ende, und Arthur Dold stieß in einem Atlas auf eine Kartendarstellung, die ihn zurücktrug, weit zurücktrug: Der Portolan füllte eine ganze Doppelseite und verzeichnete detailliert ein frühes und daher falsches Bild der afrikanischen Küste. Gut 30 Jahre war es her, da hatte Arthur Dold selbst eine ebensolche Karte für die küstennahe Schiffahrt angelegt – mit dem Ruderboot des Fabrikanten, dessen Villengarten sein Vater bestellte, war er an dem Seeufer entlanggefahren, ausgerüstet mit Stiften, Papier, Kompaß und anderen Meßgeräten. Er hatte seinen Portolan vergessen, jetzt erinnerte er sich wie nach einem langen Schlaf sogar, wo er das Pergament suchen mußte: Arthur Dold hatte nicht nur alle selbstgezeichneten Karten im Bootshaus des Fabrikanten versteckt – alle Schätze seiner Kindheit lagen dort.

Bevor Arthur Dold sein Geschäft verließ, setzte er die Erdkugel, seinen Globus – er ließ ihn Tag und Nacht brennen – in Bewegung. Er verschloß Ladentür und Scherengitter und sah von der Gasse her einen Moment zu, wie sich die Kontinente und Ozeane drehten. Dann stand die Erde still. Die Schneedecke war ohne eine Spur; Arthur Dold sah Meer, nichts als Meer und machte sich auf den Weg zur Villa am See.

2

Klein und bleich saß die Turinerin im Licht des Lüsters.

Die Villa stand finster in der Nacht mit ihren Dachzinnen, Lukarnen und Türmchen, ihren Erkern und Laibungen, und um so gelber und wärmer fiel das eine Licht in den Park.

Schnee bringt die Welt nicht zum Verschwinden, Schnee fördert im Gegenteil alles zutage. Arthur Dolds Fußspuren querten die Gartenanlage; hin zum Gerätegaden führten sie, danach rund um das Gewächshaus, und nun stand er mitten auf der oberen Rasenterrasse vor der Salonscheibe und fror.

Anfang der fünfziger Jahre war der Fabrikant Hermann Hotz mit Kassaschränken, Rechnungsmaschinen und anderen Bürogeräten zu Geld und Ansehen gekommen. Sein Wort hatte Gewicht in der Gemeinde am See, und einzig die Tatsache, daß Hotz all die Jahre ohne Frau geblieben war, gab einiges zu reden, bis er auf einer Piemontfahrt des Männerchores – er sang im zweiten Baß, war als Kassier jedoch um die Finanzen des Vereins besorgt – endlich, gerade 50 Jahre alt geworden, die Frau seines Lebens traf. Annamaria Colla unterrichtete damals Deutsch an einem Gymnasium und konzentrierte sich in ihren Träumen auf einen Mann aus dem Norden. Am liebsten hätte sie nach Hamburg geheiratet oder nach Hannover, denn dort sprach man die Sprache, die sie bewunderte, am perfektesten, aber Hotz gelang es, sie auch von einem Leben in der Schweiz zu überzeugen. Die Verlobung wurde noch in Turin gefeiert; der Chor bot ein Ständchen, und Hotz war zu seinem neuen Namen gekommen: Turiner. Er ließ, zurückgekehrt in die Schweiz, unverzüglich mit dem Bau der Villa am See beginnen. Zwölf Monate später feierte man eine Hochzeit, von der noch jahrelang geredet wurde. Vor Mitternacht führte Hotz seine Annamaria in das weitläufige Grundstück, eine Fackel leuchtete den Weg, Hotz bot stolz den Arm, um ihr endlich ihre Villa ITALICA zu präsentieren. Am See tanzten Lichter eines späten Ausflugsdampfers, und das Horn, welches wehmütig an Land tönte, nahm das Paar als Zeichen zum Glück. Die Ehe des Fabrikanten mit der jungen und schönen Italienerin galt weitherum als glücklich, nur an Kindern fehlte es. Dies war denn auch der Grund, weshalb Hotz schon bald nach einem Gärtnermeister suchte, der bereit war, mit seiner Familie das Pförtnerhaus zu bewohnen. ›Für ein wenig Kindergeschrei lasse ich mir sogar Rosenstöcke und Rabatten gefallen‹, ließ der angetrunkene Fabrikant seine Mitsänger wissen.

So kamen Arthur Dold und seine Schwester Ines in den Genuß einer großbürgerlichen Jugend, wenn auch nur als Zaungäste. Denn auf die Wahrung der Klassenunterschiede achtete ihr Vater: ›Knecht und Herr können Freunde nicht werden‹, pflegte er zu referieren, ›und was ein rechter Büezer ist, verkehrt nicht mit dem Bonz!‹ Darum ruderte Arthur Dold zwar wie ein junger Herr im geliehenen Kahn seeauf- und abwärts, war aber gleichzeitig vom eigenen Vater angehalten, ›den Tempel des Tresorkaisers‹ wenn möglich zu meiden. Seine Mutter war um den Haushalt des Fabrikanten besorgt, denn die Signora rührte keinen Finger. Tagelang lag sie in ihrem Schlafzimmer mit dem Erker aufs Wasser, mit Seidenkissen in ein Ledersofa gebettet, eingedeckt mit Modejournalen und deutschen Romanen, die sie in umliegenden Buchhandlungen bestellte und sich ins Haus bringen ließ. Sommers lag sie gelegentlich im Garten, dann fand Arthur Dolds Mutter keine ruhige Minute. Fortwährend mußte der Schirm den wandernden Schatten nachgerückt werden, wurde dieser Kleiderkatalog benötigt, jener Roman, oder die Signora verlangte nach einem Orangenjus, ›aber bitte frisch gepreßt, cara!‹. Gelegentlich hatte die Turinerin den jungen Dold gebeten, die Limousine zu waschen. Höchstpersönlich schloß sie jeweils das Garagentor auf, um sich hinter das Steuer des Amerikaners zu setzen. Und während Arthur Dold mit Wassereimer, Pflegemittel, Schwamm und Hirschleder hantierte, spielte die Turinerin ›Signora auf großer Fahrt‹: Sie drehte am Steuer, ließ die Scheiben nach unten gleiten und wieder nach oben, stellte Blinker und gab wütende Zeichen mit der Lichthupe. Während ihrer Ausfahrten hatte die Turinerin meist eine Straßenkarte neben sich liegen, ja sie trug sogar Handschuhe und Sonnenbrille und tat, als bemerke sie den Sohn des Gärtners nicht, der die Frontscheibe polierte und darauf wartete, daß ihr Kostüm höher rutschte, wenn sie in Kurven lehnte.

Stolz war die Turinerin auch auf die ITALICA, die ihr Mann für sie hatte bauen lassen. Zwar standen seeabwärts noch andere Unternehmervillen, doch die ITALICA war weitherum die bekannteste. Wo sonst sah man ein Gebäude, welches eher in ein Grundstück am Gardasee gepaßt hätte? Eine Villa, welche Erinnerungen an eine längst vergangene Epoche heraufbeschwor und an einen Palazzo denken ließ, an Dienstpersonal und an Baumbestände, durch welche der Wind einer vergessenen Zeit weht.

Weitherum gerühmt wurde auch der Garten, der, gepflegt von Arthur Dolds Vater, mehr und mehr zum Bijoux gedieh. Akkurat gestutzte Hecken führten einen durch die Anlage; vorbei an Springbrunnen, Amouretten, Zierrabatten, italienischen Säulenpappeln und japanischem Ahorn ging man an den Scheiben der Orangerie entlang und gelangte zuletzt auf die untere Rasenfläche, die sich zum Wasser hin absenkte. Sonntag für Sonntag lud Hotz Bekannte aus Industrie und Politik zum Bocciaspiel auf die Bahn, die Dold sen. im Schutze ausladender Laubbäume am Seeufer angelegt hatte. An diesen Turniertagen trug der Turiner weiße Bermudashorts, Sporthemden und Hüte aus Stroh. ›Herrensportler!‹ schimpfte Arthur Dolds Vater und verweigerte selbst bei Sommerwetter die Erholung vor dem Pförtnerhaus. Hätte er sich dort an den Buchswall gestellt, er hätte womöglich den Herren ausgerechnet bei jenem Sport zusehen müssen, ›der doch eindeutig den Arbeitern gehört: Boccia!‹.

Aus der Welt zu schaffen war diese Situation einzig durch einen Wettkampf, ein Spiel Mann gegen Mann. Der Turiner hatte wochenlang gedrängt, bis Arthur Dolds Vater endlich einwilligte. An einem Sonntag im Juli war es soweit, und der Gärtner zeigte den Gästen, daß Boccia an diesem Ort fehl am Platze ist. Die Sache wäre rasch entschieden gewesen, hätte nicht Hotz nach jedem Spiel auf Revanche bestanden. Nach mehr als vier Stunden, längst war ein Mehrteil der Zuschauer abgewandert, hatte er dann allerdings doch aufgegeben. Bald darauf hatte niemand mehr die Bahn bespielt. Hotz verzog sich samt Anhang auf die obere Rasenterrasse, wo man sich in Badminton und Bogenschießen versuchte.

Seit der fristlosen Kündigung von Arthur Dolds Vater, über drei Jahrzehnte war es her, daß die Familie des Gärtners bei Nacht und Nebel das Grundstück hatte verlassen müssen, seit jenem Tage also war der Garten mehr und mehr verkommen. Vorerst hatte noch ein anderer Gärtner, er lebte alleine im Pförtnerhaus, die Anlage unterhalten. Bald aber hatte der Fabrikant das Grundstück der Natur überlassen. Sträucher und Büsche wuchsen gegen See und Landstraße hin, der Rasen verkrautete, und die Wipfel der Bäume schlossen sich zum dichten Dach und Tunnel, durch den man ans Seeufer gelangte. Damit war der Garten der ITALICA zum weltfernen Territorium geworden, abgeschirmt vor neugierigen Blicken von Nachbarn oder Passanten. Der junge Arthur Dold hatte freilich Schleichwege in Erinnerung, welche ihm auch später das Betreten des Grundstückes erlaubten. Und so hatte er Hotz, den Turiner, in den letzten Wochen seines Lebens auf dem unteren Rasen sitzen gesehen; die Beine seines ausgedienten Direktorensessels in die Erde gerammt, saß er im hohen Gras, und sein Spazierstock lag vor ihm wie der Degen eines Mannes, der den Kampf aufgegeben hat. Den Vorsitz der Firma hatte er übertragen, das Bureau im Erdgeschoß der ITALICA war aufgelöst, das Mobiliar verquantet: Der Turiner hatte keine Aufgabe mehr.

Er saß tagelang am Ufer, starrte auf den See hinaus, folgte dem Flug der Vögel und kontrollierte den Schiffsverkehr, derweil rundum der Garten wucherte, als habe er seinen Besitzer zu verschlingen.

Am Ende jenes Sommers hatte der Turiner offenbar genug gesessen. Vielleicht hatte er auch genug gesehen. Jedenfalls befreite er mit letzten Kräften seinen Sessel, schleppte ihn ans Ufer und versenkte ihn im See. Danach verschwand er im Bootshaus, wo ihn seine Frau am späten Abend finden sollte. Hotz hatte den Kahn ins Wasser gekurbelt und sich auf die Heckbank gesetzt, als warte er darauf, ans andere Ufer gerudert zu werden; ganz der Fabrikant, der selbst auf seiner allerletzten Fahrt die Dienste eines Angestellten beansprucht – die Ruderblätter hatte der Turiner jedenfalls nicht von der Bretterwand gelöst. Er saß zusammengesunken in seinem vertäuten Boot, Dold hatte es als Junge ochsenblutrot streichen müssen, und man hätte durchaus annehmen können, er sei bloß eingenickt. Doch der Turiner war tot, war gestorben, noch bevor erste Herbstblätter von den Bäumen fielen.

Seit dem Tod von Hermann Hotz hatte Arthur Dold das Grundstück nie mehr betreten. Die Turinerin, er hatte sie nur als junge und schöne Frau an der Seite des bejahrten Mannes gekannt, war nun eine alte Frau geworden. Arthur Dold blieb vor dem großflächigen Glas stehen, wie er es schon als Junge getan hatte, weil ihm die deckenhohen Buchregale und die Ölbilder mit den düsteren Landschaften immer noch imponierten. Aus diesem Grund hatte er die Herrschaften Abend für Abend beobachtet, gerade auch weil dies der Vater verbot und weil es in dem Salon so vornehm still gewesen war. Dabei hätte es schon damals genügt, daß einer der beiden den Blick gehoben hätte, um den Jungen zu bemerken, der vor dem Fenster stand und in die Halle sah, als sei sie eine Bühne.

Windstöße trieben Schneestaub seewärts, und Dold wandte sich ab. Entlang der Mauer zum Nachbargrundstück war der Boden bereits gefroren. Dorthin schien die Sonne an keinem Tag länger als eine Stunde; regnete es, stand tagelang Morast in dem Schattstreifen. Die Mauersteine waren von Flechten und Schlingpflanzen überwachsen, aus Ritzen stießen Pilze – Schwämme mit fleischigen Hüten, die Arthur Dold als Kind abgeschlagen hatte. Ein einziger Stockhieb!, dies hatte er sich zur Aufgabe gemacht: Jeder Hut muß mit dem ersten Streich fallen. Die abgeschlagenen Pilzschirme hatte er jeweils zertrampelt und im Unkraut verstreut.

In diesem Unkraut im Schatten der Mauer hatte er eines Tages, zusammen mit Schulfreund Felix Rueda, einen Laubfrosch gefangen. Sie sperrten das Tier, das ihnen erstaunlicherweise ohne große Probleme in die Falle gegangen war, in eine Schuhschachtel, deren Lüftungslöcher sie mit Gaze verklebten. Sie wollten nicht zusehen, wie der Frosch erstickte, sie wollten zusehen, wie er verhungerte. Und so saßen sie vor der Schachtel im Bootshaus des Turiners und warteten. Die Tatsache, daß andere Jungen Hamster über Feuern rösteten, genügte ihnen allerdings keine zwei Tage als Rechtfertigung, und sie hatten den Frosch am dritten Tag freigelassen.

Der Kartenhändler setzte Schritt um Schritt auf die verharschte Decke und hielt sich an die Sträucher, welche den Weg zum Bootshaus säumten. Er kickte Schneebrocken weg, und wäre die Holztür nicht nach innen zu öffnen gewesen, er hätte den Bootsschopf gar nicht betreten können.

3

Unter den Bohlen klatschten Wellen, Ruderblätter lehnten an der Wand, und das Boot hing schräg in seinen Ketten.

Arthur Dold drehte das Licht an und nahm die steile Treppe unters Dach, wobei er vorsichtig auftrat, schließlich wußte er um die morschen Stiegen. Auf dem oberen Boden war es dunkel. Er tastete sich an den Wänden entlang, bis er die Matratze fand; sie lag direkt unter dem Fenster, und so konnte man, liegend, übers Wasser sehen. Hier hatte Arthur Dold Stunde um Stunde im Kartenraum eines imaginierten Dampfers verbracht, der nicht von der Pier kam und dennoch auf jedem Ozean Kurs hielt.

An diesem Novemberabend war es freilich zu kalt, um sich hinzulegen, und gesehen hätte man ohnehin keine zwanzig Meter weit. Seine Muscheln lagen noch auf dem Sims. Er hielt sie sich ans Ohr und hörte die See; das Wasser war flaschengrün, ruhig und tief. Er setzte sich auf die Matratze, fröstelnd. In diesem Bootshaus hatte er Geheimnisse entdeckt und gehütet, die er später wieder vergaß. Und zwar dermaßen gründlich, als habe er nie Kenntnis von ihnen gehabt. Hier oben saß er und horchte auf das, was draußen geschah. Dabei geschah dort höchst selten etwas; zumindest nichts Außergewöhnliches. Wenn etwas Besonderes passierte, dann hier, im Land der sieben Wasserfälle, hinter dem Dschungel, den eigentlich niemand durchqueren konnte – es sei denn, er kannte die Geheimnisse des Affenfelles mit den kreuzförmigen Messerschnitten oder der rötlichen Erde in der Blechbüchse. Zu durchqueren waren Dschungel und Malariafluß natürlich auch nur, wenn man über die richtigen Karten verfügte – die selbst anzulegen waren.

Lehm, Lehm und Sumpf, in dem der Tod lauert, geduldig und seit Jahrhunderten lauert er und nimmt sich jeden, der es wagt, ihn zu betreten. Außer eben den, der die Karte besitzt und das Paßwort kennt. Sogar dieses Wort hatte Arthur Dold mit einem Mal wieder im Kopf, das Zauberwort, das er nie verraten hätte, auch nicht unter Folter: Biberschwanz.

Diese Karten und Pläne hatte der junge Arthur Dold in einer verschnürten Schachtel verwahrt gehabt, zusammen mit all seinen anderen Schätzen, mit den Holzstücken und Ästen, den Steinen, getrockneten Insekten, den Meßgeräten, dem Zirkel und dem ledergefaßten ›Lehrbuch der Kartographie‹. Diese Sammlung breitete er jeweils auf einer Holzplatte aus, welche er mit einem Quadrat bemalt hatte und mit Symbolen, abgezeichnet aus einem Indianerbuch. Er tastete die Holzwand ab; das dritte Täferbrett rechts der Tür ließ sich anheben. Nun brauchte er bloß in die Öffnung zu langen, um die Schachtel greifen zu können: Sein Zauberkasten war noch da, und er stellte ihn vor die Matratze.

Im Bootshaus der Turiner hatte er sich einen Doppelgänger erfunden, der alles anders machte als er. Die Pfeile dieses Doppelgängers waren immer weiter geflogen als diejenigen der anderen Jungen. Über die Hausdächer hinter der Schulwiese flogen sie, ja selbst über die Baumwipfel des angrenzenden Waldes, wo sie im Boden steckten wie Boten einer fernen Welt. In diesen Wald hatte er sich natürlich weiter gewagt als jeder andere; er war weiter gegangen, als Dold sich jemals getraut hätte – bis er das Dach des Schulhauses nicht mehr hatte sehen können, bis er überhaupt keine Dächer mehr sah und sich das Dorf leicht wegdenken ließ.

Arthur Dold stieg in den unteren Stock des Bootshauses, weil er sehen wollte, was er auspackte. Er löste die Knoten und hob den Schachteldeckel ab. Jeder Gegenstand war Teil einer Geschichte, die allein er kannte und die abgeschlossen war. Was ihn weiterhin beschäftigen würde, waren die Karten, die er vor Jahren angefertigt hatte.

Er fand zwei Portolane, sie verzeichneten das Seeufer auf einer Länge von 25 Kilometern, mehrfarbig kolorierte Karten des Umlands, einen exakt vermessenen Plan des Gartens und eine Straßenkarte, die nach Vorlage eines römischen Itinerare entstanden war und tatsächlich jede Entfernung in römischen Meilen angab. Arthur Dold erinnerte sich, die beiden Portolane bei jeder Ruderfahrt mitgenommen zu haben, weil er in seinem Kartenbuch einen Befehl aus dem 14. Jahrhundert gefunden hatte, welcher anordnete, jede Galeere habe zumindest zwei taugliche Seekarten an Bord mitzuführen.

Bevor Arthur Dold das Bootshaus verließ, kurbelte er den Ruderkahn ins Wasser. Er kletterte in das Boot und dachte für Augenblicke ernstlich daran, auszulaufen. Beschneite

Bergflanken und Hügelsäume traten aus der Dunkelheit, am entfernten Ufer glommen Lichter, und am Himmel standen Sterne, einer neben dem andern, Wintersternbilder. Von einer nahen Kuppe stiebte Schneegestöber, der Beweis, daß dort Wind wehte.

Arthur Dold schloß die Schachtel und stellte sie zurück in das Versteck. Nur seine Karten wollte er mitnehmen; schließlich war er überzeugt, daß er auf ihnen finden würde, was er in den letzten Jahren aus den Augen verloren hatte.

Die Füße unter die Ruderbank gestellt, nahm er noch einmal Kurs; der Schuppen schien zu vibrieren unter dem Tosen der Schiffsturbinen, welche Arthur Dold deutlich hören konnte.

Dabei stand ihm in jener Novembernacht nicht der Sinn nach einer Reise. Er verließ das Bootshaus, ohne den Ruderkahn aus dem Wasser zu drehen, und sah die Turinerin schlafend in ihrem Ledersessel sitzen. Dann ging er nach Hause. Die Schneedecke der Gasse war jetzt mit Spuren übersät, er schloß die Ladentüre auf und setzte sich in seinen Sessel. Doch dann mochte er weder den bereitliegenden Atlas öffnen, noch wollte er die Karten seiner Jugend studieren.

Er saß in dem finsteren Raum und sah dem neuerlichen Schneefall zu. Der Flockenwirbel ließ alte Bilder in ihm aufsteigen, ließ ihn als Schuljungen über offenes Feld laufen, querhin und mit glühendem Gesicht vor Kälte und Glück.

Später machte er doch die Tischlampe an, wie es ihm eine Gewohnheit war, Nacht für Nacht noch für eine Weile über einer Karte, einem Buch zu sitzen, hatte er sich genauso daran gewöhnt, dabei ein Glas Whisky zu trinken. Flasche und Glas hatte er neben dem Papierkorb stehen, und so brauchte er sich bloß zu bücken. Er drehte das Licht aus, nahm einen Schluck und dachte daran, Lea anzurufen – aber dann blieb er sitzen, als habe er alle Zeit der Welt.

4

Die ersten Dezembertage brachten eine scharfe Bise, und der Schnee blieb liegen. Über Nacht hatte Frost angeschlagen, und durch die Straßen glitten Autos, die ineinanderkrachten. An jeder zweiten Kreuzung standen Männer über Unfallformulare gebückt, ungeduldig verlangte man nach Polizei. Der Wind hielt alle zum Narren; sang er eben noch in einer Blechverkleidung, fuhr er im nächsten Moment zwischen die Häuser, trug Hüte davon und kehrte Schirme.

Arthur Dold war damit beschäftigt, Stiche und Karten auszubessern, auch mußte seine Kartei nachgeführt werden. Ganze Nachmittage saß er an seiner Schreibmaschine, tippte Daten, Ortsnamen und Angaben zu Herausgebern, Verlegern, Stechern und Zeichnern. Daneben verkaufte er etliche Stadtansichten sowie Blätter aus Atlanten – Weihnachtsgeschäfte eben.

Die Tage gingen hin in stiller Gleichförmigkeit. Nachts saß Arthur Dold über den Karten seiner Jugend oder telefonierte ausführlich mit Lea. Sie hatten sich einige Male getroffen, hatten lange Spaziergänge unternommen, Winterwanderungen, um dann meist in Leas Wohnung zu gehen, wo sie beisammenlagen und sich liebten.

Arthur Dold war nie fähig gewesen, Zeichen zu erkennen, die eine drohende Gefahr ankünden. Es kam vor, daß er sich von Gewittern überraschen ließ, welche sich längst mit Wolkenwänden angezeigt hatten und die jedes Kind hatte aufziehen sehen. Arthur Dold stand dann überrascht im Regen und wollte nicht wahrhaben, daß ein Unwetter vorauszusehen ist.

An jenem Freitagabend verließ er sein Geschäft früher als üblich, weil er genug hatte und all das bedruckte Papier nicht mehr sehen und nicht mehr riechen konnte. Mehrere Kunden hatten sich seine Sammlung zeigen lassen, hatten ihn in endlose Dispute verwickelt, ohne daß es zu einem Verkauf gekommen wäre. Später hatte er sein Tintenfäßchen umgekippt und einen Abzug des Planes der Stadt Zürich aus dem Jahre 1576 ruiniert. Im Restaurant war er an einen Gast geraten, der ihm mit seinem Gerede das Mittagessen verdorben hatte, und am späten Nachmittag verbrannte er sich die Finger an der Teekanne. Die Stunden wollten kein Ende nehmen; dieser Dezembertag würde ewig dauern, wie überhaupt der Winter; weder gab es den Frühling noch den Sommer. Schnee fiel aus tiefem Himmel, in Fenstern brannten Lichter, und Arthur Dolds Transistorradio spielte Walzermelodien, welche ihn nachdenklich über unerledigter Korrespondenz sitzen ließen, die Kappe der Füllfeder in der Hand. Dann hatte er plötzlich genug. Kurz nach 18 Uhr verließ Arthur Dold sein Geschäft und steckte sich den ersten Cigarillo seit Tagen an. Ein Mann, kaum halb so alt wie er, stand so dicht vor dem Schaufenster, daß sich das Glas beschlagen hatte.

»Schöne Stücke verkaufen Sie.« Der junge Mann trug einen Lumber mit Pelzkragen, Handschuhe und eine Wollmütze, die er sich tief ins Gesicht gezogen hatte. »Sie haben bereits geschlossen?« Der Mann blieb vor dem Fenster stehen, ohne sich umzuwenden.

»Das kommt darauf an«, meinte Arthur Dold und zertrat den eben erst angerauchten Cigarillo im Schnee. »Worauf? Auf mich?«

»Auf Sie, genau. Oder vielmehr: Auf Ihre Wünsche. Wofür interessieren Sie sich denn? Karten? Atlanten? Ich habe auch einige selten schöne Globen anzubieten.«

»Ich bin kein Fachmann, müssen Sie wissen.« Jetzt wandte sich der Mann um. Er trug schwere Stiefel und überragte den schmächtigen Kartenhändler um Kopfeslänge.

»Aber wonach Sie suchen, werden Sie wissen?« Der junge Mann lachte und sah sich rasch um.

»Das weiß ich erst, wenn ich es gefunden habe. Leider habe ich nur heute Zeit. Sonst wäre ich gerne ...« Arthur Dold ahnte, einen Fehler zu machen, die Augen des Mannes verrieten Unsicherheit, aber da hatte er sein Geschäft bereits aufgesperrt und betreten. Als sich Arthur Dold umdrehte, er hatte das Licht angemacht, bedrohte ihn der Mann mit einem Messer. »Offensichtlich wissen Sie jetzt, was Sie wollen.« »Dein Geld in diese Tasche! Alles!«

Arthur Dold stopfte das Geld aus der Kasse in die Umhängetasche, ließ sich Portemonnaie und Uhr abnehmen und dann in den Packraum drängen, wo er sich, das Gesicht zur Wand, neben das eine Fenster stellen mußte. Im nächsten Augenblick erhielt er einen Hieb auf den Hinterkopf, und die Beine rutschten ihm weg.

Als der Antiquar wieder zu sich kam, es waren nur Sekunden vergangen und er kniete vor dem Radiator der Heizung, hörte er splitterndes Glas und gleich darauf das Schlagen seiner Ladentür. Er richtete sich auf, verlor aber das Gleichgewicht und mußte sich setzen. Gewöhnlich arbeitete er an dem Tisch mit Packpapier, Schnüren und Adreßetiketten, jetzt lagen seine Hände auf der Holzplatte, und er sah sie an, als gehörten sie einem Fremden; er wollte nichts zu tun haben mit dem Blut, das an seinen Fingern klebte.

Arthur Dold stand auf und stolperte auf die Gasse. In seinem Verkaufsraum lagen zersprungene Glasrahmen, und der Mann hatte Atlanten vom Schaft gefegt und ausgelegte Einzelblätter. Der Kartenhändler war unschlüssig, in welche Richtung er laufen sollte. Doch dann setzte er sich in Bewegung, trotz des stechenden Schmerzes am Hinterkopf. Schon nach wenigen Metern wußte Arthur Dold, daß es sinnlos war, was er tat: Er würde den Dieb niemals einholen. Und doch lief er weiter, als sei er sich das schuldig, und verlor bald jede Wut. Am Ausgang der Gasse hatte er sein Tempo gefunden. Er würde lange so weiterlaufen können, obwohl die Kopfwunde stark blutete.

Arthur Dold lief über den Platz mit den Cafés und Modegeschäften und wollte in die Fußgängerzone einbiegen, als er über eine Schneewächte stolperte und hinschlug. Und dann blieb er endlich liegen, dankbar um den Sturz und den Moment der Ruhe.

Das Sternengewölbe war als Baldachin über die Dächer gespannt, und der Kartenhändler sah sein Blut im Schnee. Er zitterte am ganzen Körper, es schüttelte ihn regelrecht, und schon war er von Schaulustigen umringt, half man ihm auf die Beine. Sein Blut lief als Tropfspur über den Platz, und Arthur Dold ließ sich wortlos in das Hinterzimmer eines Herrenausstatters betten, der ihm heißen Tee mit Rum einlöffelte, um eine Decke besorgt war und dem Kartenhändler das Gefühl gab, er sei in Sicherheit.

Erst in diesem Hinterzimmer spürte er den Schmerz im linken Unterarm, und zwei Stunden später bestätigte ihm ein Arzt am Schragen der Notfallstation, er habe sich bei dem Sturz den Unterarm gebrochen. Er ließ sich von einer Schwester in eine Kammer führen und konnte sich ein Lächeln nicht verbeißen, weil er daran denken mußte, daß ihm nun also der erste Gips seines Lebens angepaßt wurde.

Als Arthur Dold erwachte, lag er in einem Einzelzimmer, über dessen Deckenputz zahllose Risse liefen. Vom Metallgestell seines Bettes blätterte Farbe, und das Linoleum des Fußbodens war grau. Er ließ sich Zeit, zu sich zu kommen.

Der Bruch seines Armes hatte sich als derart kompliziert herausgestellt, daß eine Narkose unumgänglich war, die Platzwunde an seinem Hinterkopf hatte genäht werden müssen. Nun lag er steif in dem fremden Bett und verfolgte die Haarrisse, als gelte es, einen Plan zu lesen; Wasserflecken zählte er, Flecken überhaupt und danach die Nägel, die man in die Tapete gehämmert hatte. Sein Arm, der Gips schwer und weiß, schmerzte kaum und lag, angehoben von einem Kissen, vor ihm wie ein Geschenk von jemandem, den er nicht mochte. Der größte Fleck befand sich direkt über dem Bett, war ohne Erfolg übermalt worden und hatte die Form der britischen Insel. Allein in der Nische zwischen Fenster und Lavabo zählte er sechs Nägel, und nur gerade an zweien hingen Bilder.

Der Raum des Hospitals in Lima hatte sich damals, vor Jahren, in ähnlichem Zustand präsentiert. Der Putz war von der Decke gebröselt, und als der diensttuende Arzt nach dem Eintreten die Türe ins Schloß warf, lag Arthur Dold in rieselndem Gips. Während der Untersuchung hatte ihn der Doktor abschätzig gemustert und ihm dann nahegelegt, die Nacht in einem Spitalbett zu verbringen, weil man seinen Zustand überwachen wolle. Arthur Dold hatte darauf bestanden, sofort mit seiner Frau zu telefonieren, und schließlich hatte man ihn tatsächlich zu einem Wandapparat geführt. Nach mehreren Fehlverbindungen und unterbrochenen Gesprächen mit Hotelrezeptionen hatte er seine Frau erreicht, die ihm nicht glauben wollte, daß er aus einem Hospital anrief und die Nacht unter Beobachtung verbringen mußte. Den Streit auf der Hotelterrasse erwähnten sie mit keinem Wort, und erst, als sie in einem Aufenthaltsraum saßen, hatten sie über das Kind gesprochen, das Maja von ihm erwartete.

Arthur Dold hatte das Zimmer mit einem Mann geteilt, der die ganze Nacht mit schütterer Stimme gegen seine Schmerzen anredete. Weit nach Mitternacht war Arthur Dold aufgestanden, um sich den Kranken anzusehen. Der Mann lag auf dem Rücken, redete mit hochgereckten Armen, ohne Arthur Dold oder die Schwester zu beachten, die jede halbe Stunde das Zimmer betrat und nach einem Kontrollblick wieder verschwand. Die Proteste Arthur Dolds nützten nichts – man kümmerte sich weder um den Jammernden, noch um ihn. Sogar ein Schlafmittel mußte er sich selbst holen. An den Korridorwänden lehnten dösende Menschen, und im Aufenthaltsraum der Schwestern und Pfleger lief Radiomusik, stand Zigarettenqualm. Scherzend hatte man ihm die Tablette ausgegeben, und bald sank Arthur Dold in Halbschlaf, das Klagen des Peruaners im Ohr. Ein Klagen, welches nach geraumer Weile in tonloses Rasseln übergegangen war, um endlich in ein regelmäßiges Atmen zu münden. Vor dem Wegtauchen hatte Arthur Dold den Schirm des Nachtlichtes über der Zimmertür fixiert, wobei er sich einredete, damit etwas Sinnvolles zu tun, ähnlich einem Gebet, das man für einen Sterbenden spricht.

Am nächsten Morgen hatte Arthur Dold das Krankenhaus verlassen dürfen. Er trat in einen grellen Tag hinaus und war sofort von Kindern umringt, die ihm Kaugummi und Zigaretten verkaufen wollten. Bäume; Wedel einzelner Palmen, von Abgasen zerfressen; Fassaden, auf denen Sonnenlicht tanzte wie auf den Scheiben vorbeirohrender Busse. All das hatte er wahrgenommen und vor sich eine Lache, in welcher Blut versickerte. Außerdem lief ein Blutfaden über den Gehsteig, wie ein Riß im Asphalt, dem Arthur Dold mit seinem Kopfverband nachgegangen war, bis er wußte, was zu tun war. Er buchte den Rückflug um und saß schon am nächsten Tag neben der Frau, mit der er damals verheiratet gewesen war, in einer DC-10.

Arthur Dold stieg aus dem Bett und trat ans Fenster. Es schneite schon wieder, und in den Straßen sah man Streuwagen, Arbeiter mit Schaufeln und vorsichtige Fußgänger.

Mitten in der Nacht entließ man den Kartenhändler. Er mußte sich in die Kleider helfen lassen, war unsicher auf den Beinen und trug den Gips so ruhig wie möglich vor sich her, weil jetzt jede Bewegung schmerzte, auch im Hinterkopf.

In den Gängen waren Patienten unterwegs, Gummisohlen quietschten, und Arthur Dold sah Morgenmäntel in allen Farben. Als er aus der Wärme der Eingangshalle in die Nacht trat, wurde ihm übel. Zwar schneite es nur mehr leicht, dafür blies stetig die Bise aus den Bergen und ließ ihn bis auf die Knochen frieren. Im blauen Licht des Mondes schimmerten die Schneeflächen um das Spitalgebäude, und Arthur Dold stand alleine auf der freigeschneuzten Parkfläche. Ein Taxi war nirgends zu sehen, überhaupt kein Auto, und so ging er in die Halle zurück, um ein Münztelefon zu suchen.

Kleber mehrerer Taxiunternehmen vor Augen, wählte er Leas Nummer, und als sie abhob und er ihre Stimme hörte, begann er zu weinen und hatte nicht die Kraft, sich dagegen zu wehren.

5

»Tief im Schnee«, flüsterte sie und er spürte ihre Brustwarzen über seine Schenkel streichen, »tief im Schnee und mein Mann mit Gips, wehrlos!«

Das letzte Wort hauchte sie in Arthur Dolds Ohr. Dann kniete sie sich auf ihn, um sich sachte zu bewegen. Als er sich aufsetzen wollte, drückte sie ihn zurück auf das Bett und breitete seine Arme aus, als werde er an die Bettpfosten gefesselt.

Vor den Fenstern fiel Schnee, immer noch. Er hätte nicht sagen können, wie lange sie sich küßten. Öffnete er die Augen, sah er Lea dicht über sich, sie machte Kinderlaute, längst vergessen, und doch verstand er sie und sagte auch bald Worte, die in jedem anderen Moment nur lächerlich geklungen hätten.

Jetzt drehte sie sich um, vorsichtig, um nicht seinen Arm zu berühren. Dann nahm sie sein Glied in den Mund, und ihr Kopf hob sich, senkte sich, bis er sein Gesicht zwischen ihre Oberschenkel schob. Und als sie kam, leise jammernd zuerst, dann lauter und lauter schreiend, als sie beide schrien, stand mit einem Mal Gotthelf, Leas Labrador, neben dem Bett und knurrte ungemütlich.

Wieviele Minuten, wieviele Stunden waren vergangen, seit Lea ihn in ihrem kleinen japanischen Wagen abgeholt hatte?

Wie lange war es her, da sie ihn in einem der Ledersessel der Spitalhalle gefunden hatte, dösend und wirr im Kopf von den ungewohnten Medikamenten? Während der Fahrt, die Straßen weiß, leer, wie im Traum, war er eingenickt, bis Lea ihn in ihrer Wohnung am Fuß des Hügels regelrecht wachgeküßt hatte.

Und nun stand der Hund neben dem Bett und knurrte.

Arthur Dold wollte sich erheben – lag er, stand er? Der Teppich jedenfalls kam ihm entgegen, und so ließ er sich wieder in das Plumeau fallen.

»Ich geh schon. Ausnahmsweise. Bleib liegen.« Sie stieg aus dem Bett, trug gleich darauf ihren Mantel, und er hörte, wie sie mit Gotthelf die Wohnung verließ.

In letzter Zeit war Arthur Dold häufig auf der Suche nach dem Gefühl, das er als Junge gekannt hatte, wenn er nachts auf ein Haus zugefahren war, in dem Lichter brannten, und der Weg aus unerklärlichen Gründen von dem Haus weggeführt hatte. Dieser Stimmung war er auf der Spur.

Draußen schlug Leas Hund an, dann hörte er ihre Stimme, und es war so still wie zuvor. Schneeflocken schwebten durch die Lichtkegel der Straßenleuchten, am Himmel trieb Gewölk, und der Hügel stand als Schatten in der Winternacht.

Nach ein paar Minuten kam Lea zurück, und der Hund trat so nahe ans Bett, daß Arthur Dold in dem Fell förmlich den Schnee und die kalte frische Luft riechen konnte. Sie tranken heiße Milch mit Honig, standen nebeneinander am Fenster und sahen in das Schneetreiben. Die Wirkung der Medikamente ließ nach, er fühlte sich elend und schwach.

Lea zog sich aus, und er sah sie für Momente so, wie er sie das erste Mal gesehen hatte, vor einigen Jahren, in jenem Hotelflur am Rhein. Er hatte eben den Saal verlassen, weil ihn die Vorträge der Geographisch-Ethnographischen-Gesellschaft langweilten, als er Lea mit ihrem roten Haar am Fenster stehen sah.

Sie waren sofort ins Gespräch gekommen, vor der Scheibe zog gemach der Strom meerwärts, und als sie merkten, daß sie gleichzeitig aus verschiedenen Vorträgen gelaufen waren, setzten sie sich amüsiert an die Bar. Später hatte sich der Tresen und das Gewölbe der Bar gefüllt mit Geographen und mit den Zahnärzten, zu denen Lea gehörte.

In jener Nacht im Spätsommer schlief Arthur Dold zum ersten Mal mit einer Frau, die er eben erst kennengelernt hatte. Sie lagen unter dem Stoffdach des Himmelbettes, draußen fiel ein leichter Sommerregen, und sie gaben sich nicht die Zeit, Fragen zu stellen. Arthur Dold hatte Leas Haar auf dem Kissen aufgefächert, als bereite er sich ein Ruhelager, und sie hatte ihn kaum berührt, da ergoß er sich in ihre Hand. Der Geruch ihrer schulterlangen Locken erinnerte ihn an früher, an den Rauch herbstlicher Kartoffelfeuer, an Mädchenhände unter den Stößen seiner kurzen Hose und an die Schwielen an seinen Fingern, die er spürte, als er die Konturen eines Gesichtes nachzeichnete, weil er sich nicht traute, unter den Rock zu fassen, wie es Rueda bei dem anderen Mädchen tat, während sie um das Feuer lagen, in welchem Erdäpfel schmorten und Würste an Stecken. Stunden später, sie standen müde und glücklich auf dem Hotelbalkon, unter sich das ziehende Flußwasser, aufgewühlt vom Regen, hatte Arthur Dold von der elterlichen Mietwohnung in der Stadt erzählt, von Nachmittagen, an denen er mit der Schwester den Vater in den Gewächshäusern der Stadtgärtnerei besuchte und schließlich vom Umzug in das Pförtnerhaus der ITALICA am See.

Arthur Dold ließ sich Zeit in jener Nacht. Sie hatten das Hotelbett mit Kissen, Wolldecken und Daunenduvets in eine behagliche Burg verwandelt.

Schließlich erzählte er in jener Nacht auch von seiner Ehe, die gescheitert war, weil er nicht wollte, daß seine Frau das Kind zur Welt brachte, das er ihr gemacht hatte. Er war damals auf dem besten Weg zum Trinker gewesen, hatte sich in seinen Karten und Atlanten verkrochen und nur noch Romane gelesen, in deren Zentrum einsame Männer standen. Während dieser Zeit lag ein Koffer neben seinem Bett, gepackt mit etwas Wäsche und einem Sommeranzug, als rufe er jeden Augenblick das Taxi, das ihn zum Flughafen brachte. Palermo war ein Name gewesen, den er in jenen Wochen nicht mehr aus dem Kopf gebracht hatte, Tanger ein anderer.

Als er mit seiner Geschichte in sein Kartengeschäft und über die Wendeltreppe in die Wohnung gefunden hatte, tagte es, stand Frühnebel über dem Fluß. Vögel lärmten. Erst geriet das diesseitige Ufer ins Sonnenlicht, darauf die Häuserzeile und endlich auch das Hotelzimmer, in dem Lea in Arthur Dolds Armen eingeschlafen war.

Aufwärts, Stiege nach Stiege, zum Licht im Hof führt die Treppe ihn, wo die Kröte hockt: fett und größer als ein Lederball. Er müßte bloß den Fuß heben und den Mut haben zuzutreten. Langsam müßte dies geschehen und konzentriert.

Arthur Dold brauchte eine Weile, aus dem Halbschlaf zu finden; fern schlugen Kirchenglocken, aber er mochte nicht mitzählen, da sich Bett und Raum drehten und er sich beeilen mußte, um rechtzeitig ins Bad zu kommen. Unweit blies eine Trompete Melodiebögen, vielleicht vom Schulhaus her, und Arthur Dold erbrach sich ins Lavabo, ohne Aufhebens, um Lea nicht zu wecken.

Er stand über dem Waschbecken und dachte an eine Rasur, unschlüssig in den Spiegel starrend. Aber schließlich legte er Seifenschale und Pinsel beiseite, der gebrochene Arm schmerzte ihn und auch die Wunde am Kopf, der sich seltsam leicht anfühlte und wegen der Narkose noch ohne Klarheit war.

Leas Körper war warm und schwer. Sie drehte sich auf den Rücken, murrend zwar, aber ohne zu erwachen. Vor einiger Zeit hatte Arthur Dold in einem Restaurant einem Mann zugehört, der das ganze Lokal unterhielt: »Autos sind mein Leben«, behauptete der Mann, »und jeder Markenwechsel löste einen neuen Lebensabschnitt aus. Fragt mich nicht nach meiner Wohnung! Dafür kann ich euch jedes Armaturenbrett meiner Ehemaligen beschreiben!«

Hätte Arthur Dold einen Lieblingsplatz benennen müssen, er hätte sich für sein Bett entschieden und nicht für den Kontorsessel am Fenster. Er war imstande, jedes seiner Betten genauestens zu beschreiben. Angefangen mit dem Kajütenbett seiner Kindheit, bis hin zu der Liege, die er sich vor wenigen Monaten von einem Handwerker hatte schreinern lassen. Er hatte einen Großteil seines Lebens liegend verbracht, unterhalten oder abgelenkt von Gedrucktem und von Symphonien, die er auf seinem Tonband abspielte. Bereits als Kind hatte er sich nicht um das Gespött der anderen geschert, die unter seinem Fenster standen und ihn als Stubenhocker verhöhnten. Sie schlugen sich die Köpfe ein, während er auf dem Rücken lag und las.

Tobte er mit Freunden durch den Wald, verwandelte er im Handumdrehen ein Tannenwäldchen in einen Dschungel, in welchem die Eingeborenen mit den Giftpfeilen lauerten. Wußten die anderen kaum etwas anzufangen mit Ästen, Steinen oder Laubhaufen, baute er geheimnisvolle Geräte zur Übermittlung wichtiger Botschaften, die schönsten Baumhütten und entwickelte Schriften, die selbst die Lehrer nicht entziffern konnten.

Arthur Dolds Platz war das Bett. Daran hatte auch der Spott seines Vaters nichts geändert, der nicht verstehen wollte, daß sich sein Sohn nichts aus Gärten machte. Ging er seinem Vater zur Hand, tat er dies mit Widerwillen, weil er die Pflanzen, die Natur überhaupt, nur als Kulisse sah, als Gegenstand, den es zu kartographieren galt. Mit einem Grundrißplan des Gartens der ITALICA, sorgfältig beschriftet und koloriert, hatte er seinem Vater seinerzeit die größte Freude gemacht. Sein Vater hatte den Bogen, 90 Zentimeter im Quadrat, rahmen lassen und ins Wohnzimmer gehängt, um ihn jedem Besucher zu zeigen und zu erläutern. Dank des Sohnes konnte der Vater also seine Gartenanlage vorführen, ohne daß sich jemand die Schuhe schmutzig machte; man saß im Pförtnerhaus bei Kaffee und Kuchen, und der Baumeister stand am gerahmten Plan und führte die Besucher mit einem Bambusstock durch die bekiesten Wege.

Lea drehte sich auf den Rücken, hatte sich aus der Decke befreit; ihr Körper glühte vor Hitze, und die Gesichtshälfte, auf der sie gelegen hatte, war rot und zeigte das Muster des Kissens. In Leas Bett hatten sie sich Photos ihrer Familien angesehen. Erst nach dem Tod seiner Eltern hatte Arthur Dold begriffen, daß sie bereits ein Leben geführt hatten, bevor er und seine Schwester zur Welt gekommen waren. Ein Leben, von welchem weder er noch seine Schwester eine Ahnung hatten. Nach ihrem Tod halfen auch die Photographien nicht mehr weiter, die sie in einer Blechdose fanden, als sie den Haushalt der Eltern auflösten. Diese Photos brauchten Erklärungen, sonst ergaben sie keine Lebensgeschichten. Arthur Dold, der schon als Kind gerne aufgeräumt hatte, ertrug es nicht, daß er zwei Drittel der Photographien nicht verstand, da er sie nirgends zuordnen konnte. An welchem Strand etwa stand sein Vater da, den Fuß auf ein Motorrad aufgestützt, eine Schiebermütze in die Stirn gezogen? Hatte er nicht erzählt, das Meer nie gesehen zu haben? In welchem Kursaal tanzte seine Mutter auf diesem Bild, ausgelassen lachend? Und wer war der gutaussehende Mann, der sie führte? Nächtelang saßen Arthur Dold und seine Schwester über den Photos, befragten Verwandte und Bekannte, bis sie aufgaben. Sie hatten es versäumt, die Geschichte ihrer Eltern zu erfahren. Lea erwachte, murmelnd und unter das Plumeau kriechend, als friere sie mit einem

Mal. Gotthelf stand vor der Fußlade und sah sie an, als wolle er ihr etwas zeigen. Sie setzte sich auf, in die Decke gewickelt und mit dem fragenden Gesichtsausdruck, den er kannte und mochte.

»Weißt du, was dein Hund will?« fragte er.

»Da gibt es nicht sehr viele Möglichkeiten.« Sie griff ihrem Labrador ins Fell, und der Schwanz klopfte gegen die Wand. »Hunde sind einfache Wesen. Eigentlich gibt es in diesem Moment nur zwei Möglichkeiten: Entweder er will Futter, oder er will an die Luft.« »Hunde sind alles andere als einfache Wesen. Außerdem gibt es drei Möglichkeiten. Drei!« Damit kroch Arthur Dold unter die Decke, theatralisch nach Luft schnappend. »Vielleicht will dein Gotthelf nämlich gestreichelt werden.«

Auch Lea kroch jetzt unter die Decke, und so saßen sie dicht beisammen, wie in einem Zelt. Sie tastete nach Arthur Dolds Kopfwunde und zog dann Gotthelfs Schnauze unter die Decke.

Sie alberten, bis der Hund aufgeregt zu bellen begann und das Telefon läutete. Lea befreite sich aus seinen Armen, hob ab und legte den Hörer neben den Apparat.

»Für dich.«

Arthur Dold hatte Mühe, um sich aus Decken, Pyjamateilen und Kissen zu befreien. Dann gab er einem Polizeibeamten Auskunft, der die näheren Umstände des Überfalles protokollieren wollte.

Als er sich umdrehte, er hatte unmerklich Haltung angenommen, ausgelöst durch die Stimme des Beamten, lag Lea nackt auf dem Bett, die Haare ausgebreitet, und der Antiquar sah keinen Grund, weiterhin im Zimmer zu stehen, den Telefonhörer in der Hand.

Vor den Fenstern, sie zeigten in drei Himmelsrichtungen, war es hell, und Arthur Dold sah Kinder den Abhang hochsteigen, die ihre Schlitten an langen Leinen hinter sich herzogen.

6

Ein Wärmeeinbruch, begleitet von sturmartigen Winden, hatte einen guten Teil des Schnees zum Verschwinden gebracht, und in den Straßen stand Matsch. Grippewellen machten Schlagzeilen, in Fernsehsendungen erläuterten Ärzte, wie man sich vor den Viren schützen könne. Wetterexperten versuchten zu erklären, warum derlei abrupte Klimawechsel möglich sind, während am Bildschirm Satellitenbilder gezeigt wurden und Aufnahmen überschwemmter Landstriche.

Dorfarzt Felix Rueda war noch nie ohne einen guten Roten im Antiquariat aufgetaucht, und auch am Montag vor Weihnachten drückte er Arthur Dold eine Flasche Bordeaux in die Hand, bevor er Mantel und Hut ablegte. Sie setzten sich in den Packraum, wie sie es immer taten, wenn sie nicht gestört werden wollten. Auf dem Tisch standen die Kristallgläser, auch an die Würfel und das Zigarrenkistchen hatte der Antiquar gedacht.

Während sie würfelten, erzählte Arthur Dold von dem Überfall, beschrieb das Anpassen des Gipses und das Nähen der Kopfwunde. Er hatte das Scherengitter vor seiner Ladentüre geschlossen, und so konnten sie sich ungestört über dies und jenes unterhalten und sich auf seinem Tonband Klavierkonzerte und gregorianische Chorgesänge anhören. Längst waren ihnen diese Nachmittage, so selten sie stattfanden, zu einem Ritual geworden. Felix Rueda fuhr alle paar Monate vom Engadin ins Unterland, wo er in Buchantiquariaten nach Erstausgaben, Stichen und Drucken suchte, um seine Sammlung zu vervollständigen; bei dieser Gelegenheit sahen sich die Schulfreunde. Sie ließen die Würfel über den Tisch springen, schoben Münzen hin und her, leerten den Bordeaux und rauchten Havannas.

Erst wenn sie sich nichts mehr zu erzählen wußten, die Einsätze erhöhten, weil das Spiel langweilig wurde, und Arthur Dold seine Whiskyflasche und neue Gläser holte, zeigte Felix Rueda seine Einkäufe. Eine gesuchte Erstausgabe hatte er dieses Mal nicht gefunden, dafür hatte er eine Serie kleinformatiger Stiche ersteigert, welche er auf dem Packtisch auslegte, schweigend, wie er dies immer tat. Die zwölf Drucke zeigten düstere Landschaften, in denen einzelne Steine oder Gruppen seltsam angeordneter Felsen standen.

»Sind das Menhire?« fragte Arthur Dold.

»Auch«, antwortete Felix Rueda. »Menhire, Stelen und das hier«, er zeigte auf ein Bild mit Findlingen, die rechteckig angeordnet waren, »sind Megalithen. Als Zentrum der Serie möchte ich jedoch diese Stiche bezeichnen.«

Damit zeigte er auf die Stiche, deren Format etwas größer war und die in Plastikfolien steckten. »Sieht aus wie ein Grenzstein«, meinte der Antiquar, »wobei ich mir das Loch nicht erklären kann.«

»Der Stich zeigt den ›Durchbohrten Stein in Courgenay bei Porrentruy‹. War ein Kind geboren worden, brachten es die Eltern zu dem Stein und zogen es durch das Loch. Diese ›Taufe durch den Stein‹ war ein Übergangsritual, welches die Geburt wiederholte und verschiedene Funktionen hatte: Schutz vor Krankheit und Mißbildung. Bewahrung vor jedem bösen Zauber. Zudem war das Durch-das-Loch-Ziehen nicht zuletzt ein Ritual der Anerkennung. Die Sozialisierung eines Kindes war undenkbar, wurde es nicht in aller Öffentlichkeit dem Stein der Ahnen gezeigt.«

»Ein unheimlicher Stein«, sagte Arthur Dold, als er den wolfsähnlichen Hund entdeckte, der einen Knochen aus dem Bildformat trug. Mittlerweile war es dunkel geworden, und der Schein der Tischlampe reichte kaum mehr aus. Arthur Dold stieg in seine Wohnung, um die Musik auszumachen, die ihn plötzlich irritierte. Er füllte eine Schale mit Oliven, schnitt Brot auf und Käse und trug alles nach unten. Auch einen zweiten Roten wollte er entkorken, mußte sich aber helfen lassen. Dann saßen sie schweigend nebeneinander und aßen und tranken. Nach einer Weile, irgendwo tropfte Schmelzwasser, machte Rueda die Neonröhren an und schob ein weiteres Bild vor Arthur Dold. Dieser mochte den Stich nicht genauer betrachten und bückte sich deshalb über den dritten verpackten Druck. Mitten in dichtem Wald stand ein aufrechter Stein, größer als ein Mann.

»Die ›Gailer Liss‹ steht in den Vogesen«, erklärte Felix Rueda, »an den Hängen des Großen Winterbergs, und war über Jahrhunderte sehr beliebt bei unfruchtbaren Frauen aus dem Elsaß. Daß die ›Gailer Liss‹ als Rutschstein verwendet wurde, beweist aber erst die breite und glatte Rinne.«

»Rutschstein?« fragte Arthur Dold.

»Ein sehr altes, etwas derbes Ritual, bei welchem die kinderlosen Frauen auf einen glatten Stein kletterten. Waren sie oben, schürzten sie ihren Rock, setzten sich mit nacktem Hintern auf den Fels und rutschten nach unten. Diese heilige Zeremonie durfte übrigens von keinem Fremden gestört werden.«

»Weil es sonst nicht geholfen hätte?« fragte Arthur Dold grinsend.

»Weil es sonst nicht geholfen hätte.«

Jetzt lachte der Antiquar und legte den Stich auf den Tisch. Er wollte noch einmal die Gläser nachfüllen, aber Rueda winkte ab.

Sie saßen noch einige Minuten schweigend zusammen, dann brachte Arthur Dold das Geschirr in die Küche im oberen Stock, wobei ihn der Gips schmerzte und behinderte. Als er zurückkam, trug Rueda Hut und Mantel.

»Das hier«, er schnürte noch einmal seine Mappe auf, »habe ich für dich gekauft. Hast du nicht von einem Haus erzählt, hinter dessen Fenstern Licht brennt? Pack den Stich aber bitte nachher aus. Ich muß mich beeilen.«

Felix Rueda legte den Druck, eingeschlagen in Geschenkpapier, auf den Tisch und ließ sich von Arthur Dold bis ans Ende der Gasse begleiten. Dort schüttelten sie sich die Hand und standen nebeneinander, die Köpfe im Nacken: Wolken trieben davon, Sterne sah man wenige.

»Schnee«, sagte Rueda bestimmt, »Schnee liegt in der Luft.« Dann ging er über den Platz und verschwand in einer der Gassen.

7

Windböen streichen Muster auf die Oberfläche des Sees, an dessen Ufer ein Schäfer mit seinen Hunden steht. Einzig auf dem höchsten Gipfel, die Steinschulter schneebedeckt, ist noch letztes Tageslicht zu erkennen. Die Felswände liegen schon im Schatten, und in der Senke, wo auf einer Anhöhe das Haus steht, ist es längst dunkel. Aus dem Kamin steigt Rauch, verblasen vom Wind, doch was den Schäfer übers Wasser blicken läßt, sind die Fenster, die da und dort leuchten. Neben dem Haus, imposant ist es und verschwindet in der Dunkelheit, steht ein Turm – abweisend, ohne Licht. Sieht man genauer hin, glaubt man Menschen hinter den Fenstern des Berghauses zu erkennen, und bald schon geht dort ein Licht aus, bis nur mehr eines brennt, nah unterm Dach. Der Schäfer freilich bleibt stehen. Er hat Zeit, und Geduld hat er auch. Arthur Dold hatte Felix Ruedas gerahmten Stich HOSPICE DE JULIER noch in der selben Nacht hinter seinen Schreibtisch gehängt. Zuerst hatte er die dargestellte Berglandschaft nur als Situation gesehen, die es zu kartographieren galt. Doch dann saß er lange vor dem Bild und versetzte sich an das Ufer, bis er schließlich das Gekläff der Hunde hören konnte, die um ihn herumtollten, weil sie den Rauch witterten und die

Musikfetzen hörten, die der Wind übers Wasser herübertrug …

Am darauffolgenden Tag besuchte Arthur Dold seine Schwester. Sie wohnte in einem Weiler auf der Kuppe eines Hügelzuges, mit freier Sicht über den See. Als er am frühen Nachmittag aus dem Postauto stieg, hatte er noch einen halbstündigen Fußmarsch vor sich, auf den er sich jedoch freute. Der Weg führte aus den wenigen Häusern des Nachbardorfes, danach über unverbaute Wiesen und durch einen Ausläufer des Waldes, der sich über den Sattel des Hügels hinzog. Zwischen den Stämmen lag Schnee, vom Wind zu Wächten zusammengeweht, und es roch nach geschlagenem Holz. Als er zwischen die ersten Häuser des Weilers trat, begann es zu schneien, und der Wind, der über die Krete luftete, war kalt. Rueda behielt demnach recht; tags zuvor hatte die Luft tatsächlich nach Schnee gerochen.

Arthur Dold trat auf die gegenüberliegende Straßenseite. Hinter einem Holzhaus erstreckte sich ein Grundstück, auf dem Pappeln hochragten; im Schutz dieser Bäume erkannte er einen Verschlag mit kotgesprenkeltem Dach. Im selben Moment stieg eine Taube in den Himmel. Sie flog eine Schleife über den Häusern und gewann rasch an Höhe. Arthur Dold sah ihr nach, sah sie über die Baumwipfel fliegen und talab verschwinden, seewärts.

Ein glühendheißer Tag war es gewesen, und bis zum Ende ihrer Reise durch Peru hätte es keine zwei Wochen mehr gedauert. Arthur Dold hatte eben eine Cantina verlassen, in der er mehrere Gläser eines starken Schnapses getrunken hatte, weil er die Auseinandersetzung mit Maja vergessen wollte – zuletzt hatte er sie auf der Terrasse des Hotels sitzen gelassen und war ohne ein Wort davongelaufen, sonst hätte er sein Glas auf dem Boden zerschmettert, um die Zankerei zu beenden.

Er stand in der Arkade vor der Cantina und fühlte einen leichten Schwindel, der ihn abhielt, sofort über die Straße zu gehen. Im Park drängten sich Passanten, und keine zwanzig Meter entfernt saßen Frauen an Tretnähmaschinen, vor sich Stoffbahnen in leuchtenden Farben. Arthur Dold stand unmittelbar neben dem Eingang eines Armeebüros, doch das sollte er erst viel später erfahren. Er hatte eben beschlossen, aus dem Schatten der Arkade zu treten und zum Hotel zurückzugehen, da sah er einen Raubvogel aus dem Himmel fallen. Ein Kinderwagen stand auf einem der Parkwege, und das Kind, das darin saß, schwenkte ein Tuch, obschon niemand in der Nähe war, dem dieses Winken hätte gelten können. Arthur Dold gab sich nicht die Zeit nachzudenken, ob es das überhaupt gibt: Vögel, die Menschen angreifen, und rannte los. Er hatte den Kinderwagen fast erreicht, als das Büro der Armee in die Luft flog. Ein Feuerball donnerte aus dem Gebäude, es hagelte Holzsplitter und Metallteile. Tische und Stühle lagen über den ganzen Platz verstreut; Autos brannten, und aus angrenzenden Gebäuden schlugen Flammen. Arthur Dold, von der Druckwelle zu Boden geworfen, spürte sengende Hitze auf der Haut. Der Kinderwagen war weggeschleudert worden, und das Kind lag in einer Grasnarbe. Totenstill war es nicht gewesen über dem Zocalo; doch das Schreien des Kindes war eine Weile das einzige Geräusch gewesen, das er wahrgenommen hatte.

›Du hast schon immer jede Verantwortung gescheut!‹ An diesen Vorwurf seiner Frau hatte er sich erinnert, während er auf jene Grasnarbe zukroch und dabei seine blutende Stirn nach einer Wunde abtastete, jammernd, weil er jetzt plötzlich Schreie hörte und weil er Verletzte sah, Tote vielleicht, und Blut überall, fremdes Blut und seines. Sirenen heulten, unter den Arkaden drängten sich Soldaten und Polizisten, die Befehle herumbrüllten, Helme trugen und Westen aus Blei. Arthur Dold lag neben dem Kind und rief den Namen seiner Frau, bis er und das Kind von Sanitätern weggetragen wurden, als gehörten sie zusammen.

Das Haus seiner Schwester lag am anderen Ende der Siedlung, wo offenes Land begann, ohne Baum, ohne weiteres Gebäude. Sie sahen sich selten, kein halbes Dutzend Mal im Jahr und dann meist in seinem Geschäft. Sie setzten sich jeweils an seinen Verkaufstisch, weil sie den Papiergeruch der Landkarten und Atlanten mochte und gerne den Leuchtglobus betrachtete, während sie sich unterhielten. Gelegentlich kochten sie dann zusammen, wie früher, wenn die Turiner Gäste empfingen und ihre Mutter erst gegen Mitternacht aus der Küche der ITALICA kam.

Er betrat das Grundstück und ging den Zaun entlang hinters Haus. Am angebauten Holzschopf lehnten einige Schaufeln, und der Abhang war bereits bedeckt vom gefallenen Schnee und wirkte mit seinen Rippen und Mulden wie der Faltenwurf eines Kleides. Wind wehte die Flocken zu dichten Vorhängen zusammen, die den Himmel verdunkelten. Schon brannten vereinzelt Lichter, und Arthur Dold gefiel die Vorstellung, sich einschneien zu lassen wie einer der Menhire auf Felix Ruedas Stichen. Rasch verschwand das Oberleder seiner Schuhe im Schnee, er stand breitbeinig hinter dem Zaun, als bewache er das Haus seiner Schwester – staunend, wie lautlos und wie nachhaltig das Gestöber die Landschaft verwandelte. Ließ sich diese Tatsache nicht als Regel sehen? Geschahen Veränderungen im stillen und ohne jede Vorwarnung, oder kündigten sie sich an, laut und deutlich? Bald war das Schneetreiben so dicht, daß er nichts mehr erkennen konnte als die Staketen des Zaunes und hinter sich das Haus und seinen Anbau. Den eingegipsten Arm hielt er an den Oberkörper gepreßt, um ihn vor der Nässe zu schützen.

Seine Schwester erwartete ihn wohl bereits; er hatte sich für den Fußmarsch Zeit gelassen und stand nun seit einigen Minuten in ihrem Garten. Bestimmt trat sie nächstens an eines der Fenster, um nach ihm Ausschau zu halten, und dann würde sie ihn entdecken: eingeschneit wie ein Soldat, der an einer vergessenen Grenzlinie steht. Aber nichts geschah.

Kein Licht ging an, keine Stimme rief nach ihm. Schließlich verließ er seinen Platz am Zaun und betrat den warmen Windfang. Die Haustür war nicht verschlossen, und in einem Zimmer am Ende des Korridors brannte Licht. Seine Schwester lag auf einer Couch, am Dielenboden türmten sich Bücher, und schlief. Ines hatte vor Jahren eine Wand herausbrechen lassen, und so verlief ihr Zimmer über die ganze Längsseite des Hauses. Arthur Dold ging eine Weile auf und ab, nachdem er seinen Mantel in die Garderobe gehängt und die durchnäßten Schuhe ausgezogen hatte. Die Dielen knarrten bei jedem Schritt, aber da seine Schwester Kopfhörer trug, erwachte sie nicht. Zehen und Finger, eben hatten sie noch geschmerzt vor Kälte, glühten jetzt. Er folgte dem Kabel des Kopfhörers, dann stand er vor der Stereoanlage in der Dachschräge. Die Platte war abgespielt, und er nahm sich die Hülle und setzte sich in einen Ledersessel neben der Couch. Hätte er seine Arme ausgestreckt, er hätte seine schlafende Schwester berührt. Sie trug ein malvenfarbenes Wollkleid und hatte sich ihre Haare so kurz schneiden lassen wie noch nie.

Arthur Dold blieb einige Minuten reglos sitzen.

Seine Schwester hatte unmittelbar nach Abschluß ihrer kaufmännischen Ausbildung geheiratet. Ihre Jugendliebe – sie saßen in der gleichen Klasse der Gewerbeschule – bot ihr ein sicheres und solides Leben ohne Aufregungen, und das war genau das, was sie sich damals wünschte. Ihr Mann machte Karriere; langsam und ohne Überraschungen stieg er Jahr für Jahr, bis er schließlich Geschäftsführer wurde und für seine Familie das Haus am Hügel bauen ließ. Ines' Ehe war offenbar glücklich, und das Leben als Hausfrau und Mutter genügte ihr vollends, wie sie ihrem Bruder versicherte. Als dann die beiden Töchter auszogen, entwickelte Ines allerdings Aktivitäten; sie besuchte Kurse, lernte Sprachen, arbeitete in einem Jugendtreff mit und organisierte Vorträge mit Frauenthemen. Seltsamerweise vermochte dies ihren genügsamen Mann nicht aus dem Gleichgewicht zu bringen. Er kam gar nicht auf die Idee, sich in Frage zu stellen und rettete ausgerechnet damit ihre Ehe.

Als Arthur Dold die Augen öffnete, saß seine Schwester auf der Couch und sah ihn prüfend an; er war eingenickt.

»Müde? Bist du schon länger hier?« fragte sie. »Der Bart steht dir übrigens ausgezeichnet.«

Sie stand rasch auf und verließ das Zimmer. Als sie zurückkam, Arthur Dold lehnte am Fenster und sah in das nachlassende Schneetreiben, brachte sie ein Tablett mit Glühwein und Lebkuchen. Sie stießen an, und er erzählte, wie er den Überfall und die Narkose auf der Notfallstation erlebt hatte. Beides beschrieb er amüsanter und spannender, als es gewesen war, weil er seine Schwester unterhalten wollte, weil er hören wollte, wie sie lachte. Später zeigte ihm Ines Prospekte von Kursen und Ferienzielen und erzählte von einem Symposium, das sie organisieren wollte, und zwar an Bord eines Ausflugsdampfers.

»Bestimmt unter dem Titel ›Geht das Patriarchat baden?‹« lachte er und winkte mit seinem Gips. Aber schließlich sprachen sie über das Grundstück am See, die ITALICA und ihre Besitzer. Sie hörten Musik, tranken Glühwein, dessen Geruch bald das ganze Zimmer, das ganze Haus erfüllte.

Die Bedingung der Turiner, der Gärtner der ITALICA habe sich mit Kind und Kegel im Pförtnerhaus einzuquartieren, beinhaltete natürlich den Wunsch, damit etwas von eben diesen Gärtnerkindern zu haben. Die Turiner hatten sich zwar längst um die Adoption zweier Kinder bemüht, doch für die Monate, bis alle Befragungen und Nachforschungen beendet waren, sollten sie für etwas Abwechslung und Vorfreude im Leben des Fabrikantenpaares sorgen. Kindergeschrei wollten die Turiner hören, und das Spielzeug, das sie in allen möglichen Geschäften zusammenkauften, sollte ebenfalls ausprobiert werden. Da Arthur Dold und seine Schwester mit 14 und 16 Jahren dafür längst zu alt waren, hatten sich die Turiner in den Kopf gesetzt, den Geschwistern Kultur beizubringen, überzeugt davon, daß dies der Gärtner und seine Frau nicht konnten.

Hotz, der stets dunkle Anzüge trug und Krawatten mit eingewirktem Firmenemblem, hatte allerdings ein Kulturverständnis, mit dem der Gärtnermeister wenig anzufangen wußte. Er tobte und witterte Verrat, als seine Kinder, ›herausgeputzt wie die Sprößlinge eines Geldscheißers‹ im Gang des Pförtnerhauses standen, weil die Turiner sie zum ersten Mal in die Oper mitnahmen. Aber mit der Zeit hatte er sich an die regelmäßigen Opernhausbesuche seiner Kinder genauso gewöhnen müssen wie an ihre Aufenthalte in der ITALICA. Die Turinerin, die ganze Nachmittage auf dem Ledersofa in ihrem Erkerzimmer verdämmerte, war davon überzeugt, den jungen Arthur Dold für die ›schöne Literatur‹ begeistern zu können. Und so kaufte sie ihm einen Roman nach dem andern; dicke Schmöcker, die ihn im Gegensatz zu seinen Landkarten und Atlanten langweilten. Einmal die Woche gab ihm die Turinerin eine Privatstunde. Diese Lesenachmittage im Zimmer der Signora hatte er gehaßt.

»Du mußtest jedesmal ein weißes Hemd anziehen«, erinnerte sich seine Schwester.

»Allerdings. Und Mutter hat meine Fingernägel kontrolliert, meine Ohren, den Hals. Und das alles für die ›schöne Literatur!‹« höhnte Arthur Dold.

Im abgedunkelten Zimmer der Turinerin hatte er sich

jeweils auf den Sofarand zu setzen, aus einem der umfangreichen Romane vorzulesen und danach mit ihr über den Inhalt zu diskutieren. Auf einem Tischchen stand eine Karaffe mit Sirup, von dem er erst trinken durfte, wenn er ein Kapitel beendet und das Buch zugeklappt hatte, damit es keine Flecken gab. An jedem dieser Nachmittage las die Turinerin selbst einige Seiten vor. Dann saß sie, gestützt von ihren Kissen, im Licht einer Ständerlampe und trug pathetisch Passagen aus ihrem jeweiligen Lieblingsroman vor. Diese Lesungen waren ihm immer peinlich gewesen; er saß auf der Wolldecke, die nur wegen ihm über das wertvolle Leder gebreitet war und gab sich Mühe, nicht auf den geschminkten Mund der Turinerin zu starren. Ihre gespitzten Lippen sahen ebenso lächerlich aus wie die gezupften Augenbrauen, die bei jedem Satzanfang in die Höhe gingen und mit jedem Satzende die Augen verdunkelten.

Nahezu unerträglich war es gewesen, wenn sie Gedichte vorgetragen hatte. Dazu setzte sie sich mit geradem Rücken in die Mitte ihres Sofas und schwieg für einige Momente – als verlangten die Verse, die sie mit bald jubilierender, bald zitternder Stimme vortrug, Haltung und Andacht. Las sie anfangs noch wahllos aus einer Lyrikanthologie mit leberrotem Einband vor, beschränkte sie sich schon nach wenigen Nachmittagen auf zwei Gedichte, die sie auswendig und mit geschlossenen Augen vortrug. Bei Boccaccios ›Lied der Emilia‹ hatte die erste Zeile genügt, um ihn zum Lachen zu reizen: ›Ich bin in meine eigne Schönheit so verliebt‹ las die Turinerin, und er hatte die größte Mühe, nicht lachend vom Sofarand zu fallen. Das zweite Gedicht trug den Titel ›An den Schlaf‹, stammte von Giovanni della Casa und war um einiges leichter auszuhalten. Im Laufe der Zeit hatte er die vier Strophen auswendig gekannt, und dies vom bloßen Zuhören, ohne einmal in das Buch gesehen zu haben.

Arthur Dold stand auf und trank den restlichen Glühwein. Mittlerweile hatte der Schneefall aufgehört, und es klarte auf.

»Vielleicht bringe ich es noch zusammen«, sagte er und stellte sich vor die Couch:

»›O Schlaf, du sanfter Sohn der schattenreichen, Schweigsamen Nacht, o Rast im heißen Streben, Der du den Menschen hilfst, sich vor dem Leben Zu schützen, Leid‹ ...«

Nichts. Die Zeilen waren verschwunden. Arthur Dold winkte ab.

»›Der du den Menschen hilfst, sich vor dem Leben
Zu schützen. Schmerz und Sorgen auszuweichen‹. Bei jeder Gelegenheit hast du das Gedicht aufgesagt.«

»Chapeau! Du hast offensichtlich genau gelauscht!«
»Willst du die restlichen drei Strophen auch noch hören?«

»Anfangs habe ich mich ja sogar auf die Nachmittage im Zimmer der Signora gefreut«, gab Arthur Dold zu. »Immerhin lag sie auf ihrem Sofa«, sagte seine Schwester.

»Wobei sie ihr Haar immer zu einem Knoten hochgesteckt hatte. Auf einem Stuhl lagen allerdings manchmal Kleider, ihre Wäsche und Strümpfe. Dieser Anblick hat mich wirklich durcheinandergebracht. Genau wie ihr Parfum. Die ersten paar Mal habe ich tatsächlich erwartet, verführt zu werden«, erzählte er, »aber sie nahm auch bei den leidenschaftlichsten Liebesszenen, die ich vorlas, keine Notiz von mir. Ich existierte nur als Ersatzkind, das sich für Literatur zu interessieren hat.«

»Ganz im Gegensatz zu meinen Privatstunden bei Hotz in Sachen klassischer Musik.« Ines machte die Ständerlampe an und trat ans Fenster.

»Laß uns fahren«, sagte sie, »solange es noch einigermaßen hell ist. Es dämmert nämlich allmählich.« Als er sich umdrehte, war das Zimmer leer.

Die Autoschlüssel seiner Schwester lagen auf dem Tisch, und er knöpfte sich in seinen Mantel, um ihren Wagen aus der Garage zu fahren.

Arthur Dold verließ das Haus, auf der oberen Treppe waren ihre Schritte zu hören. Draußen traten die Baumstämme des Waldes als Schiffsmasten aus der Dunkelheit.

»Schotter zwischen Eichenschwellen«, sagte er in die kalte Luft hinaus, ohne Sinn, und ließ das Tor der Garage aufschwingen.

Der Friedhof erstreckte sich über ein terrassenförmig angelegtes Areal, keine zwanzig Kilometer von Ines' Haus entfernt und damit exakt in der Mitte zwischen den Wohnorten der Geschwister.

Das Grab der Eltern lag auf der untersten Terrasse, zum Wald hin und dicht an der Mauer. Auf dem Marmorstein lag Schnee, die Wege waren menschenleer, einzig vom Abdankungsgebäude her bellte Husten herüber. Während der Fahrt hatten sie kaum ein Wort gewechselt und in die Landschaft gestarrt, die mit ihren harten Kontrasten wie eine Bleistiftskizze für ein Bild aussah, welches noch zu malen war. Und nun standen sie vor dem Grab, dessen Bepflanzung mit Reisig abgedeckt war, und schwiegen.

Arthur Dold hatte sich angewöhnt, den Friedhof nur noch am Todestag seiner Eltern aufzusuchen. Die ersten Jahre hatte er sich alle drei, vier Wochen um das Grab gekümmert, bis er sich endlich eingestand, daß ihn diese Besuche deprimierten. Seine Trauer bewältigte er in den eigenen vier Wänden, über Landkarten sitzend, da ihn die Beschäftigung mit den vermessenen Landschaften rational denken ließ und davon abhielt, sich in seiner Trauer zu verlieren.

Seine Schwester kratzte Dreck und Schnee aus den herausgemeißelten Lettern und schichtete das Tannreisig um. Im Weihwasserbecken stand Eis, und Arthur Dold dachte einen Moment daran, es mit einem Stein herauszuspitzen. Aber dann nahm er bloß den Weihbesen, um ihn auf seinen Gips zu schlagen, wieder und wieder, bis ihn Ines vorwurfsvoll ansah und vom Grab wegzog.

Unter ihren Schritten krachte Eis.

Wind fegte gefrorene Schneekristalle über die Wege. Seitab erstreckte sich Wald, bis weit in Anhöhen hinauf, die sich im Dunst verloren, wo offenbar Holz geschlagen wurde; jedenfalls hörten sie Motorsägen möhnen und die Geräusche von Traktoren und Axthieben. Vögel drehten ab, schwarmweise und mit Schreien, die weit über die Landschaft hinhallten. Einzelne Grabsteine standen schief und verwittert, und endlich, keine zwanzig Schritt vor dem Tor, nahm Arthur Dold seine Schwester in den Arm, und so gingen sie zu ihrem Wagen.

8

Der Schnee blieb nur in höheren Lagen liegen. Gelegentlich trieb ein scharfer Wind einzelne Flocken durch die Gassen, vorbei auch an seinem Schaufenster. Die letzten Tage vor Weihnachten machte Arthur Dold gute Geschäfte – Globen hätte er bestimmt ein Dutzend verkaufen können und auch Stadtansichten wurden häufig verlangt. Eine elegant gekleidete Frau erstand mehrere Landkarten und erzählte, ihr Mann sitze Tag für Tag über Plänen, und außerdem habe er den Dachboden in einen Kartenraum verwandelt. Dort stehe er am Dachfenster, ausgerüstet mit Sextant, Kompaß und Fernrohr. Das Betreten dieses Raumes habe er ihr zwar strikt untersagt, aber daran halte sie sich nicht.

»Und trotzdem kaufen sie ihm Karten?« fragte Arthur Dold.

»Allerdings. Weil ich ihn nämlich verstehe.«

Nach dem Frühstück setzte sich Arthur Dold jeden Morgen über eine Schüssel mit dampfender Kamille. In der Hitze unter dem Handtuch sah er sich unweigerlich im Garten seiner Schwester stehen, weil er überzeugt war, daß er sich dort, der Soldat im Schnee, seine Erkältung geholt hatte. Auf Medikamente verzichtete er; lieber ließ er sich von Lea Brust und Rücken mit einer Salbe einreiben, deren Geruch ihnen

Tränen in die Augen trieb und das Schlafzimmer zum Krankenzimmer machte.

Bevor Arthur Dold in jenen Tagen sein Geschäft öffnete, startete er das Tonbandgerät und sorgte für gedämpftes Licht. Die melancholischen Symphonien und Klavierkonzerte bestimmten das Verhalten seiner Kundschaft: Wer aufgeregt in seinen Laden stürmte, saß in der Regel nach wenigen Minuten ruhig über einem Atlas, einer Karte. Auf diese Weise verhinderte Arthur Dold jede Hektik und war stolz, trotz des Gipses verkaufte Drucke ohne Hilfe in Geschenkrollen verpacken zu können. Die Platzwunde am Kopf war gut verheilt, die Fäden gezogen, und der gebrochene Arm schmerzte nur bei unbedachten Bewegungen.

Abends legte er sich ein Stündchen hin, im Dunkeln, weil er ungestört den Nachthimmel beobachten wollte. Rauchfetzen trieben vorbei, Wolken; Sternbilder wiesen ihm den Weg, zurück in das verlorene Land der Kindheit, während er reglos auf dem Rücken lag, den Widerschein der Gassenbeleuchtung im Gesicht. Von all den Büchern, die ihm die Turinerin geschenkt hatte, war letztlich eines übriggeblieben – ein Buch, das es mit seiner Kartensammlung und seinen Atlanten aufnehmen konnte. Der Band stammte aus einer Serie von Expeditionsberichten, der in die Welt der Stämme Tschuktschi und Koryak führte, ins Sibirien von 1890. Arthur Dold hatte sich lesend in arktische Finsternis gewagt, in Dörfer, welche im Schnee verschwanden, in dem Geister umgingen und Schamanen. Er hatte ein dunkles Land kennengelernt und eine vollkommene Stille, die seinen Jungenkopf summen ließ. In diesen Beschreibungen fiel der Schnee so dicht, daß man sich auf dem Weg von Haus zu Haus im Gestöber verirrte. An die Opernbesuche mit den Turinern hatte er nur undeutliche Erinnerungen: Blicke in den Orchestergraben, den er sich so groß nicht vorgestellt hatte; blitzende Blechhörner; gebieterische Armbewegungen verschiedener Dirigenten; Ballerinen, die durch Bühnenprospekte tanzten. Verschwommene Bilder waren es, die auftauchten, und auch das würgende Gefühl war wieder da, weil Hemdkragen und Krawatte zu eng saßen, wie überhaupt der Anzug juckte und kratzte, genau wie es der Vater prophezeit hatte.

Und dann sah er wieder die Hand des Turiners auf dem Knie seiner Schwester liegen, dabei saß doch seine Frau daneben und er auch, der Bruder, der seinen Augen nicht traute und deshalb wieder und wieder hinsehen mußte, weil die weiße und behaarte Hand liegenblieb und man das Atmen von Hotz hörte. Arthur Dold war ohne ein Wort sitzen geblieben, durcheinander, gelähmt, und mit einem Widerwillen, den er gegen sich genauso empfand wie gegen Hotz und dessen Frau. Außerdem hätte er nicht sagen können, wen er in jenem Augenblick mehr gehaßt hatte: Hotz oder Ines, die sich gefallen ließ, daß die Hand auf ihrem Knie lag. Wie hatte sie das bloß ausgehalten? Wie hatte ihr Vater ertragen, daß sich seine Kinder zwei-, dreimal die Woche in der Villa des Fabrikanten aufhielten, dessen Lebensstil der Gärtner ablehnte? Aber auch Arthur Dold hatte die Besuche im Opernhaus wortlos ertragen. Nicht einmal aufgestanden war er und davongelaufen, nichts hatte er unternommen, gar nichts, bloß immer wieder den Kopf gedreht und hingeschaut hatte er, bis die Hand tatsächlich verschwunden war und er sich genausogut hätte einreden können, er habe sich alles nur vorgestellt, wie er sich sowieso allerhand zusammenphantasierte, wenn die Schwester im Bureau von Hotz saß und er nichts hörte als die Opernplatten, die der Turiner hinter der geschlossenen Tür abspielte.

Dieses Bureau hatte Arthur Dold ein einziges Mal betreten dürfen; die Ordnung, die in dem Raum herrschte, hatte ihm Angst eingejagt – die Nüchternheit der Einrichtung, die abweisenden Fronten der Bücherschränke und das Pult, das bis auf eine Füllfeder und ein einzelnes Blatt Papier vollständig leer war, hatten ihm das Gefühl gegeben, nicht in einem Arbeitszimmer zu stehen, sondern im Zentrum einer mathematischen Gleichung. Jede seiner Bewegungen hatte das Gleichgewicht des Raumes gestört, und so hatte er sich nicht von der Stelle gerührt, als ihm Hotz seine Stereoanlage erklärte. Sonnenlicht hatte ein unregelmäßiges Muster auf die Dielenbretter gezeichnet: Ein Muster, welches Hotz prompt zerstörte, indem er die Gardinen zuzog. Das Bureau des Turiners, dies hatte Arthur Dold an jenem Nachmittag sofort begriffen, machte jeden Besucher zum Eindringling, da nur Hotz sich in die Ordnung einfügen konnte. Doch was tat dann seine Schwester in dem Bureau? Störte nicht auch sie dessen Gleichgewicht? Oder war Hotz etwa genau auf diese Störung aus? Besonders mißtrauisch hatte Arthur Dold damals jedenfalls den Plüschsessel betrachtet, der unter einem Ölgemälde stand, welches eine Frau am Rande eines Waldes zeigte. Stand nicht hinter dem gemalten Busch ein Mann mit Frack und Zylinder? Ein Voyeur, der nur darauf wartete, sich an der Frau in der Wiese zu vergehen? Hätte er dieses Gemälde und den speckig schimmernden Sessel etwa nicht als Hinweis verstehen sollen? Von diesem Tage an hatte er keine Ruhe mehr, wenn seine Schwester im Bureau des Turiners verschwand. Kaum waren hinter der geschlossenen Bureautüre die ersten Operntakte zu hören, verließ Arthur Dold die ITALICA, um in den Ästen eines Birnbaumes seinen Ausguck zu besetzen. Da der Turiner während seiner Musiklektionen die Gardinen schloß, hatte Arthur Dold an keinem dieser Nachmittage etwas sehen können – fiel die Sonne in günstigem Winkel über die Fassade des Gebäudes, war manchmal der Umriß von Hotz zu erkennen, untermalt von Orchestermusik.

Verlassen hatte Arthur Dold seinen Ausguck freilich nie, bevor nicht seine Schwester aus der ITALICA trat, Noten und Partituren in der Hand. Er saß in den Ästen und übte sich in Geduld, überzeugt davon, durch bloßes Ausharren ein Unrecht verhindern zu können. Langweilig war ihm dabei nie geworden; immerhin hatte er seine Phantasie, der in dem Baumsitz, hoch über dem kurzgeschnittenen Rasen, kaum Grenzen zu setzen waren. Im Lauf der Wochen und Monate war dann allerdings das Gefühl seiner Ohnmacht größer und größer geworden. Was war er doch für eine Witzfigur! Während er im Geäst eines Birnbaumes gehockt hatte, hatte sich der Fabrikant genommen, was er begehrte, auch wenn er das als Junge nur geahnt hatte.

Dieses Gefühl der Ohnmacht bestimmte jede weitere Erinnerung, die auftauchte, während er in einen Winterhimmel sah, an dem von Minute zu Minute mehr Sterne aufzuleuchten schienen.

Am Weihnachtsabend erhielt Arthur Dold eine Expreßzustellung. Er hatte eben Ladentür und Scherengitter geschlossen, das Licht ausgemacht und sich erschöpft in seinen Kontorsessel am Fenster gesetzt, als ein Postbeamter gegen sein Schaufenster pochte und mit einem Umschlag winkte.

Arthur Dold ließ sich Zeit. Er hatte sich im Lauf der Jahre ein Lebenstempo angewöhnt, welches er sich von nichts und niemandem stören lassen wollte. Und seit er seine Tage vornehmlich mit dem Nachspüren undeutlicher Jugenderinnerungen verbrachte, war er erst recht von provozierender Gemächlichkeit: Die erinnerten Bilder verlangten Aufmerksamkeit, und so erlebten ihn seine Kunden als abwesend und gedankenverloren. Da er zudem überzeugt war, sein Gedächtnis werde von Monat zu Monat schlechter, fanden sich kaum Episoden, die ihm verläßlich schienen. Hatte er in der Tat ein schlechtes Gedächtnis? Ging er zu systematisch vor, weil er überzeugt war, daß sich auch für die Vergangenheit eine Karte anlegen ließ, ein Plan, der nach logischen Gesichtspunkten aufgebaut war? Genügte nicht der Geruch der Jasminsträucher, die sein Vater entlang des oberen Kiesweges gepflanzt hatte, um die Gartenanlage vor sich zu sehen und den Abendhimmel über dem See, wie es ihn nur damals gegeben hatte?

Arthur Dold nahm den Eilbrief gelassen entgegen; jede Nachricht war eine Störung. Er zündete sich in aller Ruhe einen Cigarillo an, schenkte Whisky ein und schnitt das Couvert erst auf, nachdem er eine neue Tonbandspule eingefädelt und gestartet hatte. Dann setzte er sich in den Packraum, um den handgeschriebenen Brief von Rueda zu lesen:

Sils im Engadin, am 22. Dezember

Lieber Arthur,

anbei mein Präsent. Die Weihnachtsgeschichte eines Geometrielehrers aus dem Dorf der Deine Leidenschaft teilt: Gadient sammelt Landkarten, er sammelt Atlanten, und er sammelt Reiseführer. Daß Gadient schreibt, weiß ich erst, seit die Geschichte abgedruckt worden ist. Du wirst Zeit finden, sie zu lesen.

Und laß Dich wieder einmal sehen: bei mir, meinen eingebildeten Kranken und bei Ohio, der täglich nach Dir fragt. Dein Geschenk will ihm nicht mehr aus dem Sinn: Wir haben den Drachen natürlich steigen lassen, im Oktober, auf der Matte bei Isola, nah am See. Er bestand darauf die Schnur halten zu dürfen. Erst später habe ich gesehen, daß ihm die Leine den Handballen zerschnitten hat. Gelacht hat er über das Blut, stell Dir vor, gelacht.

Herzliche Grüße aus dem Engadin sendet: Felix

Das Couvert enthielt die Doppelseite einer ›Bündner Zeitung‹, die am Vortag erschienen war. Arthur Dold faltete den Bogen auseinander, strich das Papier glatt und machte sich daran, die Geschichte des Geometrielehrers Gadient zu lesen, noch bevor er in einem stillen und gemütlichen Restaurant am See für sich und Lea einen Tisch reservierte.

Zündholz und die Geographie

Erst als es einnachtete, begriff Flurin, daß der vierundzwanzigste Tag des Dezembers zu Ende gehen würde wie jeder andere Tag des Jahres auch.

Als Kind hatte er es verstanden, jeden Festtag zu verlängern oder zu verkürzen, ganz wie es ihm paßte. Diese Macht hatte er offenbar verloren. Die Tage kamen, die Tage gingen, einer wie der andere, jede Stunde dauerte just so lange wie die vorangegangene oder die folgende.

Es nachtete rasch und gründlich, und schon sah man am jenseitigen Seeufer erste Lichter glimmen. Flurin saß noch genauso am Fenster, wie ihn der Vater nach dem Mittagessen in den Ledersessel gebettet hatte. Über den Sims ging der Blick hinaus in bleifarbene Winterdämmerung, über flaches Feld, den See und hin zum bewaldeten Hügelzug. Das Land vor dem Fenster war Flurin zu groß, zu grau und zu kalt. Möwen höhnten laut überm Dach, hockten bald im eingeschneiten Feld, bald im Garten. Dort lag ein umgestürztes, leeres Faß, das sich nach und nach in ein Ungeheuer mit aufgesperrtem Maul verwandelte. Ein Monster, das im Garten hockte und ihn erwartete, ausgerechnet am 24. Dezember erwartete ...

Nur etwa jede halbe Stunde bewegte Flurin seinen massigen Körper, dann knarrte das zerschlissene Sesselleder. Im

Ofen krachte Holz, einzelne Scheiter sangen, wenn die Mutter das Loch aufhebelte und nachlegte. Einmal trat der Vater in die gut geheizte Kammer, doch da Flurin sofort die Augen schloß, mußte er annehmen, sein Sohn schlafe – schlafe wie meist am Nachmittag, um dann nach Mitternacht ohne Ruhe durchs Haus zu gehen, von Zimmer zu Zimmer, die Tasse mit der heißen Milch in der einen und den Honigtopf in der anderen Hand.

Auf dem nahen Seeweg wimmelte es von Fußspuren; Tritt um Tritt, und alle liefen sie durcheinander. Ihren Garten querten nur gerade zwei Spuren. Nah beieinander verliefen diese dem Hag entlang, weg vom Haus, dorfwärts dem See nach. Bevor die Eltern gegangen waren, hatten sie noch einmal die Kammer betreten, flüsternd, da sie glaubten, er schlafe. Arm in Arm waren sie vor seinem Sessel gestanden, und er hatte sie stehenlassen, ohne die Augen zu öffnen. Seine Ruhe wollte er und weder die besorgte Stimme der Mutter hören noch die Vorwürfe des Vaters. Schließlich hatte die Mutter eine Wolldecke über ihn gebreitet, und sie waren gegangen, endlich gegangen. Er hatte die Haustüre gehört und dann die Mutter am Arm des Vaters durch den Garten gehen gesehen, und beide hatten sich mehrmals umgedreht, als ahnten sie, daß man sie beobachtete. Seither war es so still im Haus, daß man gar das Ticken der Wanduhr hören konnte und hie und da ein Auto auf der Landstraße. Die Eltern saßen längst im Saal des Restaurant ›Hirschen‹, wo sie mit den anderen Mitgliedern des gemischten Chores Weihnachten feierten.

Aus der Küche roch unverschämt gut der Braten im Ofen,

und in der Stube war sicherlich bereits der Tisch gedeckt. Zweifellos hatte die Mutter das Silberbesteck aus der oberen Schrankschublade geholt und das Tischtuch mit den Stickereien, die wie mit dem Lineal gezogen rund um den Tisch liefen, von Teller zu Teller. Flurin sah auf die Uhr über dem Ofen; keine drei Stunden dauerte es mehr, dann würden die Eltern auf dem Seeweg näher kommen. Wobei dann die Mutter den Vater führen mußte, weil er wie jedes Jahr Glas um Glas vom spendierten Magdalener geleert hatte. Die Mutter würde winken, genau wie jedes Jahr; vielleicht nach dem halben Weg durch den Garten würde sie die Hand heben, besorgt, weil ihr Sohn noch immer schweigend und ohne Licht im Zimmer saß, döste und wartete.

Flurin mußte lachen, als er an seine winkende Mutter dachte: Geflatter wie von Flügeln überm See, Hühner im Hinterhof, wenn der Metzger mit dem scharfen Beile kommt. Unter Flurins großem kahlen Schädel waren Gedanken, die niemand geglaubt hätte, auch die Mutter nicht. Also schwieg er, ausdauernd und ohne auf Fragen zu reagieren. Als habe er seine Gedanken auszubrüten, bis sie groß und mächtig genug waren.

Groß genug?

Den ersten Schultag würde Flurin wohl zeitlebens nicht vergessen können. Er hatte verschüchtert in der hintersten Bank gesessen und vor allem den einzigen Satz, den der Lehrer an ihn gerichtet hatte, nach Hause getragen: »Wart Bürschtli, bis'd'Groß bisch! Da bi öis schwiiged di Chline und Churze!«

Lange hatte Flurin die Schule nicht besucht. Schon auf

dem Pausenhof war ihm aufgefallen, daß er mit Abstand der kleinste war und so langsam sprach, daß ihm niemand zuhören mochte. Und während die Schulkameraden den einen oder anderen Buchstaben erkannten, ja gar nachmalen konnten, oder laut und voller Stolz vorzählten und vorrechneten, waren ihm die sonderbaren Zeichen vollständig fremd.

Dachte Flurin an sein knappes Schuljahr, erinnerte er sich neben den träfen Sprüchen des Lehreres einzig an den Geruch, der im Zimmer und in den Gängen hing und den er lange nicht aus der Nase bringen sollte. Nach Jungenschweiß hatte es gerochen, nach Putzmitteln, Kreide, Angst und nach Papier. Auf dem Pausenplatz hatte er es kaum ausgehalten mit dem Geschrei und den scharf getretenen Lederbällen, die an die Hauswände klatschten.

Nach dem einen Jahr hatte man ihn in einem Heim versorgt.

»Dummchopf!« riefen ihm die anderen nach, als ihn die Mutter zur Bahn brachte, mehr als 55 Jahre war das jetzt her, und noch immer hörte er »Schpinner!« und »Irrehüsler!« in seinem Kopf dröhnen, noch immer hörte er die Kieselsteine über die Scheibe prasseln, hinter der er saß und auf die Abfahrt des Zuges wartete. Damals begann er die Welt aus den Augen zu verlieren, weil er nicht verstehen konnte, wie ihm geschah.

An die Zeit im Heim gestattete er sich keine Erinnerung. Dankbar war er bloß dem einen Pfleger gewesen, der ihn eines Tages in die Werkstatt geführt hatte. Der Pfleger hatte sich im Lauf der Jahre mit Streichhölzern ein Modell der

Welt nachgebaut. Häuser, Kirchen, Bahnhöfe, Fabrikhallen. Von diesem Moment an hatte man Flurin kaum mehr aus der Werkstatt gebracht. Tag und Nacht saß er in dem düsteren Kellerloch, weil auch er sich eine Welt bauen wollte, die klein genug war, daß er sie begriff. Und so baute er Haus um Haus, Kathedrale nach Kathedrale, eine Sehenswürdigkeit nach der anderen, und brachte damit seine Welt ins Lot. Er hatte ein Sonnensystem gefunden, in dem er Planet sein durfte. Da ihn von diesem Tage an niemand mehr ohne eine Zündholzschachtel sehen sollte, nannte ihn bald jedermann Zündholz. ›Zündholz‹, sagte er, wenn er sich vorstellte und verriet damit gleichzeitig den Grund seines stillen Glücks.

Jahr für Jahr fuhr er über die Weihnachtszeit zurück zu seinen Eltern. Manchmal holten sie ihn ab, dann saßen sie jedesmal im Buffet des Bahnhofes, und der Vater bestellte heiße Schokolade für seinen Sohn, der dick und dicker wurde. So saßen sie sich wortlos gegenüber, weil Zündholz sich entschlossen hatte, nichts mehr zu reden, nie mehr. Da saßen sie also, schwiegen und warteten auf den Zug, der sie an den Obersee brachte.

Zündholz war 13 Jahre alt, als er während eines Weihnachtsspazierganges in eben diesen Obersee fiel – und damit vollends aus der Welt. Sie standen auf einem Steg, der Vater streute Brotstücke unter schnatternde Enten, als Zündholz über die Holzplanken hinausschritt, als wäre der Steg nicht zu Ende, als führe er weiter in den See hinaus.

Zündholz ging in die Tiefe wie ein Stein.

Als er wieder hochkam, sah er das entsetzte Gesicht der Mutter. Was er hörte, war das Wutgeheul des Vaters. Also tauchte er erneut ab, als wolle er für immer vom Erdenboden verschwinden. Er geriet unter die Eisdecke und sah seine Eltern auf dem Bootssteg stehen, sah ihre Münder auf- und zuklappen, ohne einen Ton zu hören. Als er später in einem warmen Krankenhausbett zu sich gekommen war, hatte er sich vorgenommen, von Stund an zu schweigen, vollends zu schweigen. Das einzige Wort, das er sich fortan erlaubte, war zugleich sein Name: ›Zündholz‹, sagte er, so leise wie eindringlich, und das mußte genügen. Die anderen redeten ja laut genug. Wo er hinkam, wurde geredet, endlos und laut geredet. Er schwieg.

Schwieg und sah zu, hörte zu.

Vor seinem Fenster war es mittlerweile finster geworden. Zudem schneite es jetzt, ganz leicht nur, aber dies war dennoch ein Anblick, der Zündholz an Weihnachten erinnerte. Klangen nicht vom Dorf her die Kirchenglocken durch die Nacht? Roch es nicht nach dem Wachs brennender Kerzen?

Vor Jahren hatten ihn die Eltern für immer aus dem Heim nach Hause geholt. Seither begleitete er den Vater, wenn dieser mit dem Lastwagen losfuhr, weil es irgendwo einen Schober oder Estrich zu räumen gab. Auf diesen Fahrten war Zündholz stets zufrieden. Er saß hoch über der Straße, den lauten Motorblock zwischen sich und dem Vater, und kam sich vor wie der Führer einer Lokomotive. Zündholz taugte nicht zur Arbeit. Meist saß er in seinem Dachzimmer und baute an seinen Modellen weiter. Er war ein bescheidener Mensch, und wenn er sich etwas wünschte, waren es Pläne oder Photos berühmter Bauwerke, die er in Zündholzmodelle verwandeln wollte. Unterdessen war er dazu übergegangen, die einzelnen Modelle auf einem Brett aufzubauen, das die ganze Dachkammer ausfüllte. Dabei hielt er sich an keine ersichtliche Ordnung und an seine eigene Geographie. So stand etwa der Pariser Eiffelturm unmittelbar neben dem Kölner Dom, keine Handbreit vom Basler Münster entfernt. Das einzige Fenster der Dachkammer hatte Zündholz verhängt – er brauchte kein Tageslicht, und auch auf die Aussicht verzichtete er gerne. Er hatte sich die Welt in sein Zimmer geholt. Seine Welt, über die er Macht hatte, die zu überschauen war und in welcher keine Worte verlangt wurden. Er war nicht nur Herr über die Tageszeiten seiner Welt, er hatte genauso Gewalt über die Zeiten des Jahres. Und so konnte er bereits am frühen Morgen Dämmerung über sein Brett hereinbrechen lassen. Er machte den Tag zur Nacht und ließ selbst im Hochsommer Schnee fallen, wenn ihm danach war. In seinen Straßen lag dann künstlicher Schnee, auf Dächern von Kirchenschiffen, Regierungsgebäuden und Lagerhallen.

Dieses Jahr hatte er seinen Wunschzettel bereits Anfang Dezember auf der Werkbank des Vaters deponiert. Das Schreiben der Buchstaben war eine mühvolle Arbeit, welche Stunden dauerte, denn immerhin wollte jedes Wort kunstvoll verziert sein. Seine Wünsche füllten kaum den halben Zettel:

Plan Bahnhof Kopenhagen
Plan Palmenhaus Wien
Plan Meer
Plan Welt

In seiner Dachkammer war es kalt, und er hatte das Licht

ausgemacht. Immerhin war jedes seiner Modelle beleuchtet, und das war das Bild, das er am allermeisten liebte: Die glimmenden Lämpchen stimmten versöhnlich und gaben ein Gefühl der Geborgenheit. Hier war er zu Hause. Und wäre Zündholz im Laufe der Jahre nicht dick und schwer geworden, er hätte sich in seine Anlage gelegt, quer über das ganze Brett.

Warum Flurin am Abend des 24. Dezembers aus dem Haus der Eltern in die Nacht hinausging, hätte er nicht erklären können. Was ihm fehlte? Der Wahnsinn war ein stiller Gast in seinem großen kahlen Kopfe. Zündholz war so langsam und rätselhaft wie die Sonnenriemen, die über den Boden seiner Dachkammer wanderten. Er war ein Geheimnis – auch sich selbst.

Er ließ seine Welt stehen, weil ihm war, er höre leises Glockengeläut vor dem Haus, nicht einmal den Hauptschalter drehte er ab. Und so leuchteten friedlich die Lämpchen hinter den Fenstern seiner Bauwerke, als die verstörten Eltern später das leere Haus vorfanden und durchsuchten.

Flurin trat in den Garten, und er brauchte weder Mütze noch Mantel. Ihm war warm genug. Die Glocke wies ihm den Weg. Jetzt würde er endlich erfahren, was ihn anders machte als die andern. Mit einem Mal war der Himmel voller Sterne. Taubengroße Hagelschlossen waren vom Himmel gefallen, als seine Mutter ihn geboren hatte. Das hatte sie ihm eines Tages erzählt, als sei damit seine Krankheit erklärt.

Die Erde drehte sich in ihrer Bahn wie eh und je. Flurin folgte dem Bimmeln der Glocke. Er ging durch steifgefrorenes Schilf, und die Rispen, zu Glas geworden im strengen

Frost, brachen unter seinen Schritten. Über zugeschneite Ufersteine ging er, vorbei an aufgebockten Ruderbooten und endlich hinaus – hinaus auf den See. Das Wasser machte ihm keine Angst mehr, nie mehr.

Er war überzeugt, daß es ihn auch getragen hätte, wenn es nicht gefroren gewesen wäre.

Leise jammerte das dünne Eis.

Krachend liefen Risse über die Fläche, die von leichtem Schneepuder bestäubt war. Risse, die sich auftaten, als gehe die Welt aus den Fugen. Und unter dem Eis lag das Wasser: schwarz und kalt und weit wie das Weltall.

Es war in der Nacht zum 25. Dezember, als ein untersetzter, schwerer Mann sein Wunder vollbrachte. Er ging übers Wasser ohne ein Wort; zügig schritt er aus, und man sah, er hatte ein Ziel.

Und so ging er hin und verschwand in der heiligen Nacht.

9

Anfang des Jahres fegte Föhn den Schnee von den Hängen, und bald war das Mittelland aper, die Tage ungewohnt warm.

Arthur Dold ließ sein Geschäft zum ersten Mal seit Jahren geschlossen. Tagsüber lag er stundenlang auf seinem Diwan, ohne eines der Bücher zu öffnen, welche sich am Boden stapelten; auf die obersten Bände hatte sein Whiskyglas klebrige Ringe gestempelt, und die leere Flasche brach das Licht der Kerzen. Lea wußte mit seiner Stimmung wenig anzufangen, und er selbst mied den Spiegel im Badezimmer, so gut dies gelang. Sah er sich doch ab und zu in die Augen, fühlte er sich wie jemand, der belustigt auf das Scheitern eines Experimentes wartet, das mit ihm angestellt wird. Sein Bart wuchs dichter als erwartet und gab ihm ein Gesicht, das er sich so verschlossen und düster nicht hatte vorstellen können. Einmal ging er an die frische Luft, im Glauben, ein Waldspaziergang helfe weiter. Doch dann saß er nach einer knappen Stunde in einem Gasthaus, trank Kaffee mit Kräuter und drückte in der Musikbox Schlager, die er längst vergessen hatte. Regen fiel, bis die Schieferplatten eines nahen Schuppendaches glänzten wie die Haut der Elefanten, die er im Fernsehen gesehen hatte. Wind; Scheren und Packschnüre; Papier, mit den Jahren gelb und brüchig geworden wie Pergament, welches knistert, wenn das Fenster offensteht, und das schnell verbrennt, wenn man ein Streichholz darunterhält. Was ging ihn sein Geschäft an, was Landkarten und Pläne? Da eine Grenze, dort. Und im Gebirge jede Wand vermessen, jeder Grat und jedes Feld aus Eis und Schnee. Niemandsland gab es bloß in seinem Kopf; zum Beispiel einen Himmel, an dem sich Sternbilder zeigten, die er auf Transparentpapier aufzeichnete und benannte:

Das hintere Gebäude des Glücks
Die falsche Hand
Der Nadelfisch
Das mittlere Gewicht
Die Schulter des Jägers

Abends hielt ihn nichts in seiner Wohnung. Seine Atlanten blieben ungeöffnet, und auch die Landkarten ließ er unbeachtet liegen. So bestellte er Nacht für Nacht ein Taxi und ließ sich zu Lea fahren, um sich verlegen in Deckenbergen zu vergraben, Haut an Haut mit einer Frau, die ihn in den Arm nahm und über die verschorfte Narbe am Hinterkopf strich. Mit dem Gips hatte sich Arthur Dold leidlich arrangiert. Auf seinem Spaziergang hatte er festgestellt, daß sich die Manschette als Pendel einsetzen ließ, wenn er aus dem Tritt geriet. Der Wald, finster und mit regenschwerem Boden, verschluckte ihn, wie ihn vor vielen Jahren jeder Wald verschluckt hatte: spurlos. Man brauchte, war man geschickt genug, keine Fährte zu hinterlassen. Ein Ast knackte nur, wenn man auf ihn trat, und er sah sich als Indianer im Unterholz kauern, Federn im Stirnband und die Jungenbeine rot gestriemt von den Brennesselstauden, durch die der sicherste Weg geführt hatte. Und so schlich an jenem Januarabend ein Mann in mittleren Jahren mit eingegipstem Arm durch den Wald, als habe er Verfolger abzuschütteln. Der Nieselregen hatte wie ein Prisma funktioniert, welches die Realität verrückte und in die Nähe der Welt brachte, der Arthur Dold seit Wochen auf der Spur war.

Zwischen Weihnacht und Neujahr hatte er mehrmals Ruedas Nummer gewählt und immer wieder dessen Telefonbeantworter abgehört, der kaum zu verstehen war, da ein Kreischen Ruedas Stimme beinahe übertönte. Erst nach dem dritten Anruf war Arthur Dold überzeugt gewesen, daß dieses Kreischen von der Bandsäge stammte, welche in der Schreinerei neben Ruedas Praxis stand. Einmal nur hatte jemand abgehoben, doch dann war nichts zu hören gewesen als das voluminöse und asthmatische Schnaufen eines Mannes, der die Brust eines Riesen besitzen mußte. Arthur Dold hatte seinen und auch Ruedas Name in die Muschel gerufen, bis die Verbindung unterbrochen wurde. Danach hatte niemand mehr abgehoben, war die Leitung tot gewesen, und er hatte sich ernstlich Sorgen gemacht. Sorgen, die erst in der Neujahrsnacht ausgeräumt wurden. Keine vier Stunden vor Mitternacht, Lea und er wollten gerade seine Wohnung verlassen, klingelte das Telefon. Rueda erzählte, die Stimme alkoholschwer, Geometrielehrer Gadient sei seit dem Heiligen Abend verschwunden. Da Gadient von einer Winterbegehung verschiedener Gipfel erzählt habe und ihm die Ausrüstung und den Proviant gezeigt habe, mache man sich große Sorgen. Gestern habe sich eine Gruppe aufgemacht, Gadient zu finden. Ein Unterfangen, das ohne Erfolg geblieben sei: Ein Schneesturm habe die Männer zur Umkehr gezwungen. Dann hatte Rueda erzählt, der Geometrielehrer besitze eine umfangreiche Sammlung, Karten und Reiseführer, die ihn interessieren müßte. Nicht nur deshalb würde er sich über einen baldigen Besuch im Engadin freuen. Nach langem Schweigen, Arthur Dold hörte das Rascheln von Papier und das Anreißen eines Zündholzes, hatte Rueda darauf bestanden, noch in der ersten Januarwoche besucht zu werden.

Wenige Stunden später standen Lea und Arthur Dold im Ballsaal des Hotels, in dem sie diniert hatten, Champagnergläser in der Hand, im Trubel ausgelassener Gäste. Konfetti rieselte von der Galerie, und in umliegenden Dörfern läuteten Kirchenglocken das neue Jahr ein.

Sie betraten das Anwesen in der Dämmerung, zur blauen Stunde, und Hand in Hand wie die Geschwisterpaare aus einem der Kinderbücher, die sie früher gemeinsam durchgeblättert hatten.

Die Dörfer am jenseitigen Ufer waren bereits ohne Licht, bloß an der bewaldeten Flanke zog sich das Leuchten noch etwas hin. Letztes Tageslicht lag auf Teilen des Sees und dem Glas der Orangerie – die Wedel der Palmen, die Magnolien und Bananenstauden stachen als Scherenschnitte aus dem Dämmer.

Bald erlosch auch der See, und die ITALICA stand mit einem Mal bedrohlich im Garten. Der Rasen, schwer und tief geworden im langen Regen, war kaum zu durchqueren, und sie hielten sich an den heckengesäumten Weg. Der

Himmel, er war nun zur Gänze bedeckt, schien sich weiter und weiter abzusenken, bis man glaubte, die Kronen der Pappeln reichten in die Wolkendecke. Schließlich standen sie vor der Westfront der ITALICA, wo man, Sträucher und Bäume treten zurück, direkt aufs Wasser hinaussehen kann. Wellen klatschten nun gegen die Ufersteine und seeaufwärts kreiste ein Signallicht – die Sturmwarnung für Boote.

Arthur Dold schob seine Schwester die Fassade entlang, vorbei an der Ausbuchtung des Erkers, und zog sie dann, rechterhand befand sich das Eingangsportal, in die Hocke. Hier hatte sich früher ein Kellerfenster mit wenig Druck aufstoßen lassen, und er war gelegentlich mit Rueda in das Kellergewölbe eingestiegen. Ines war am Nachmittag unangekündigt und aufgeregt in seinem Geschäft aufgetaucht und hatte ihm vom Tod der Turinerin berichtet. Eine Gruppe von Jugendlichen war in das Grundstück eingedrungen und hatte die Tote durch das Salonfenster entdeckt. Sie saß in ihrem Chesterfield vor dem Kamin, flankiert von Büchertürmen, mit einem aufgeschlagenen Roman auf den Knien.

Das Kellerfenster gab nach, und Arthur Dold kletterte in den Keller – wie hast du diesen Geruch vergessen können – roch Äpfel und Kampfer und drehte das Licht an. Gerümpel füllte das Tonnengewölbe, und sie hatten einige Mühe, zur Treppe zu gelangen. Seine Schwester hatte behauptet, das Anwesen sei bereits verkauft. Auf den Stufen standen leere Pflanzentöpfe und Literflaschen, alte Schuhe. Ines hielt sich dicht hinter Arthur Dold. Seit sie in dem Gebäude waren, hatten sie kein Wort gewechselt. Nun, da sie vor der verschlossenen Kellertür standen, sahen sie sich an, und es war wie früher, wenn sie auf dieser Stiege standen, weil sie die Gäste der Turiner belauschen wollten, die sich zu Diners oder Hauskonzerten trafen.

»Aufbrechen«, sagte Ines und deutete auf die Tür. »Findest du das nicht übertrieben?«

»Aufbrechen«, wiederholte Ines und trat wütend gegen das Türblatt. Früher war ein Schlüssel zur Kellertür an einem Nagel am Fuß der Treppe deponiert gewesen, daran erinnerte sich Arthur Dold, und er stieg rasch hinunter. Der Schlüssel hing tatsächlich an der alten Stelle, und sie traten in den Korridor, in dem es abgestanden roch und dunkel war. Hatte Arthur Dold früher die Schwelle der ITALICA überschritten, befiel ihn eine unangenehme Melancholie, und es war, als sei die Luft in der Villa dünner als im Pförtnerhaus und zugleich schwerer als im Garten, kaum zu atmen.

Das Parkett des Flures schimmerte matt, einzelne Bretter knarrten vertraulich, und vor den Fenstern griffen Windstöße in Buschwerk und Bäume. Gewitterwolken fuhren über den Hügelsaum heran, und der erste Blitz würde nicht mehr lange auf sich warten lassen. Die Zimmertüren standen allesamt offen, man hatte bereits begonnen, die ITALICA zu räumen. Die wenigen verbliebenen Möbelstücke waren mit Stoffbahnen abgedeckt, letzte Stühle nahmen sich aus wie eine Gesellschaft sitzender Männer.

Als sie wortlos den Salon betraten, fuhr eben der erste Blitz in die Seeoberfläche. Der Donnerschlag folgte nahezu im selben Augenblick, ließ die Scheiben klirren. Die Buchregale waren leergeräumt worden, Tische und Sessel hatte man bereits abtransportiert. Sie hatten nur noch die Gelegenheit zu einem letzten Rundgang. Die Zimmertüren im oberen Geschoß waren geschlossen, doch auch hier fanden sich nur mehr vereinzelte Möbel. Teppichrollen lagen im Gang, leere Bilderrahmen. Im Erkerzimmer der Turinerin stand ihr Ledersofa, dessen Polster tiefe Kratzspuren aufwies, die sie sich nicht erklären konnten. Hatte die Turinerin sich zuletzt eine Katze gehalten, einen Hund? Hinter der Tür entdeckte Arthur Dold den verglasten Bücherschrank, in dem die Turinerin die Romane aufbewahrt hatte, die sie gemeinsam gelesen hatten.

In der ITALICA war es vollkommen ruhig, nur im Garten rauschte Wind, wogegen das Unwetter weiterzuziehen schien. Sie standen mehrere Minuten im Erker und sahen Wolkenschiffen zu, die schnell über das Anwesen wegtrieben.

Später gingen sie von Zimmer zu Zimmer, drehten überall die Lichter an und standen endlich im Bureau des Turiners, das vollständig leer war. Staubgirlanden schwebten über das Parkett. In diesem Raum hatte der Turiner den Fehler seines Lebens gemacht. Er hatte die Tochter des Gärtners dazu gebracht, daß ihre Schreie den Schein zerstörten. Vor dem Fenster nickten die Äste des Birnbaumes im Wind, in denen Arthur Dold ganze Nachmittage verbracht hatte, ohne zu bemerken, daß geschah, was er doch verhindern wollte. Er hatte gewacht, und es hatte nichts genützt.

An jenem Nachmittag hatte sich Ines in ihr Zimmer geschlossen und die Tür zwei geschlagene Tage nicht mehr geöffnet, trotz des Bittens und Drängens der Familie. Aber schließlich hatte sie ihre Mutter überreden können, sie mit einem Tablett mit Essen ins Zimmer zu lassen. Und dann hatte Ines alles erzählt.

Wie später in besseren Kreisen der Gegend berichtet wurde, verwandelte der Gärtnermeister den Empfang des Turiners in einen Tumult – er stand plötzlich im Salon, in der Hand den Benzinkanister des Rasenmähers und die Gartenschere, mit der er sonst die Schnecken entzweizwackte. Zuerst verkündete er den versammelten Gästen, was Fabrikant Hotz seiner Tochter zwei Tage zuvor angetan hatte, dann stürmte er in das Bureau, räumte Akten und Korrespondenz vom Pult, verschüttete Benzin und zündete alles an.

Hätte nicht die Freiwillige Feuerwehr ganz in der Nähe eine ihrer Übungen abgehalten, wäre die ITALICA in jener Nacht abgebrannt. Das Löschfahrzeug stand jedoch in der Rekordzeit von vier Minuten vor dem Haus, und der Brand konnte rasch gelöscht werden.

Die Familie des Gärtners war noch in derselben Nacht ausgezogen; die erste Zeit lebten sie auf dem Hof eines Verwandten, dann in einer Gemeinde am anderen Ufer des Sees, wo Dold eine Großgärtnerei leitete.

Ines öffnete das Fenster, und kalte Luft strömte in den Bureauraum. Jetzt regnete es, und sie hörten die Reifen eines Autos, das dorfauswärts fuhr. Auf dem Sims stand ein Telefonapparat, und Arthur Dold hob den Hörer ab – die Leitung war tot.

Vor den Fenstern rauschte Regen nieder, Sträucher tanzten, Bäume, und Ines schloß das Fenster und verließ den Raum.

Am Abend des Dreikönigstages fuhren sie endlich los. Arthur Dold hatte ein Zimmer im Hotel ›Rhätia‹ reserviert, weil er nicht im dunklen und ungastlichen Arzthaus am Rande von Sils wohnen wollte und weil er das Hotel von früheren Besuchen als ruhigen und komfortablen Ort schätzte.

In den Straßen, es war finster und zu warm, waren kaum Autos unterwegs. Sie saßen schweigend in Leas Wagen und hörten Streichmusik, während der Hund auf dem Rücksitz lag und schlief.

Das Leuchten eines Armaturenbrettes hatte Arthur Dold schon als Jungen beruhigt und gefallen. Er genoß es, sich von Lea fahren zu lassen, wie er es immer genossen hatte, wenn er genug Vertrauen aufgebracht hatte, jemand anderem die Verantwortung zu überlassen. Seltsamerweise war ihm das am ehesten während langer Autofahrten gelungen. Er würde dösen, und Lea würde sie beide sicher ans Ziel ihrer Reise bringen. Er erinnerte sich an Nachtfahrten mit Lea und auch mit Maja, an einsame Landstraßen in Frankreich und Italien, und er mußte daran denken, daß er, der nie den Führerschein gemacht hatte, sich ausgerechnet auf solchen Fahrten sicher und geborgen gefühlt hatte. Nur zu gerne war er jeweils bereit gewesen, die Rolle, die wohl eher ihm als Mann zugedacht gewesen war, der Frau zu überlassen. Dösend hatte er Landstriche als verwischte Bilder erlebt, das Ticken des Blinkers im Ohr oder das Singen der Reifen auf regennassen Überlandstraßen. Hin- und hergerissen zwischen oberflächlichem Schlaf und hellwachen Momenten, hatte er, Landkarten auf den Knien, ruhige Steuerbewegungen beobachtet und Hände, die Gänge einlegten, fasziniert von einem Zusammenspiel, das er nicht begriff.

Kurz vor Bivio begann es zu schneien.

Sie fuhren an einer Verkehrstafel vorbei, welche anzeigte, daß für die Paßstraße Winterreifen, nicht aber Ketten verlangt waren. Der Schneefall wurde dichter, und bald gaben ihnen die Flocken, die ohne Unterlaß auf die Frontscheibe zurasten, das Gefühl, ihr Auto falle in ein dunkles Loch. Wenige Kilometer später stieg die Straße steil an. Die Fahrbahn war mittlerweile vollständig schneebedeckt, und da ihnen eine gute Viertelstunde kein anderer Wagen begegnete, zogen ihre Reifen die einzige Spur.

Arthur Dold sah an Leas fahrigen Bewegungen, daß ihr das Schneetreiben Sorgen machte. Sie hatte das Radio ausgeschaltet und verschob nervös die Regler der Heizung. Auch Gotthelf spürte die Spannung und kauerte mit angelegten Ohren auf der Rückbank. Lea saß jetzt aufrecht hinter dem Steuer, sie tauschten kurze und wachsame Blicke. Der Schnee schien nun noch dichter zu fallen, und es kam Wind auf, der die Flocken tanzen ließ und zu Wirbeln zusammenwehte. In einer engen Kurve drehten die Hinterräder das erste Mal durch, und das Heck brach aus.

Lea hatte Mühe, den Wagen auf der Straße zu halten, gab zu viel Gas und verlor die Kontrolle; die Karosserie schrammte die Leitplanke entlang, und der Hund begann zu bellen.

Lea brachte den Wagen zum Stehen, und Arthur Dold stieg aus. Er ging einmal um das Auto herum, die Schramme mit der rechten Hand prüfend. Das Gestöber machte die Verwirrung perfekt. In der Ebene war kein Licht zu sehen, und die Straße verschwand im Nichts. Er blieb reglos stehen, Lea saß hinter dem Steuer, ohne sich zu rühren. Kein anderes Auto passierte die Stelle.

Bald waren Arthur Dolds Fußtritte zugeschneit, auf dem Autodach stand handbreit Schnee. Sein Gips war kalt und die gesunde Hand ohne Gefühl.

»Glaubst du, wir schaffen es?« fragte Lea leise. »Wir schaffen was?«

»Weiterzufahren. Über den Julier.«

»Ich bin schon zufrieden, wenn wir es schaffen zurückzufahren.« Lea sah ihn ungläubig an und gab Vollgas.

Der Wagen stellte sich langsam schräg, rutschte dann retour und krachte erneut in die Leitplanke.

»Also doch zurück«, lachte er, um Lea durch das offene Fenster den Verlauf der Straße zu beschreiben. Als Gotthelf aus dem Auto sprang, war das Chaos perfekt: Gebell, das Geräusch leerdrehender Reifen und ein Schneegestöber, das einem nicht die eigene Hand vor Augen erkennen ließ. Arthur Dold rutschte mit seinen Halbschuhen neben dem Auto her, frierend und bald schon schweigend; seine Kommandos waren ohne Sinn.

Fünf Minuten später standen sie auf einer Ausweichstelle, mit der hinteren Stoßstange in einer Schneemauer steckend. Lea hatte den Motor abgewürgt und saß, ungläubig den Kopf schüttelnd, hinter dem Steuer.

Andere Autos waren weder zu sehen noch zu hören. Wind pfiff, und die Flocken schienen in einem Strudel um die dampfende Motorhaube herumzuwirbeln.

Arthur Dold bugsierte den Hund in den Wagen, schloß

die Tür und drehte Leas Fenster hoch. Windstöße rüttelten an der Karosserie, und bald waren sämtliche Scheiben mit Schnee oder Frost bedeckt. Die Ausweichstelle war zum Abgrund hin mit ineinandergeschobenen Felsblöcken abgesperrt, durch die der Sturm heulte. Nach knappen zehn Minuten startete Lea erneut den Motor, weil es kalt war und weil sie noch einmal versuchen wollte, ins Tal zu kommen. Es gelang ihnen nicht einmal, den Wagen auf die Straße zu manövrieren, da konnte Arthur Dold schieben und fluchen, wie er wollte. Schließlich saßen sie im Luftzug der Heizung; sie hatten keine Wahl, als auf Hilfe zu warten, und spielten, seltsam gleichmütig gestimmt, das Spiel der drei Wünsche, ihr Lieblingsspiel seit einer stürmischen Fährenfahrt zwischen Genua und Sardinien, als sie sich das erste Mal auf diese Weise unterhalten und die Zeit verkürzt hatten. Ein Streik des Küchenpersonals hatte sie dazu gebracht, sich Lieblingsspeisen zu beschreiben; ausgehend von Forellen an Zitronensaucen und rosig gebratenen Filets gestanden sie sich in jener Nacht Wünsche, die sie selbst nicht gekannt hatten. In Wolldecken gewickelt, auf einem zugigen Oberdeck sitzend, griffen sie tief hinab, ohne Angst, das Gesicht zu verlieren. Im Verlauf der Überfahrt war ein Sturm aufgekommen, Gischt sprühte über Deck, Passagiere übergaben sich, und sie verfeinerten und komplizierten die Regeln ihres Spieles. Gab es Wünsche, mußten auch Prophezeiungen möglich sein – Dinge und Ereignisse, die man sich auf gar keinen Fall wünschte. Und war es nicht ebenso spannend, sich vorzustellen, was für andere Menschen Wunsch oder böse Prophezeiung war? Was Lea aufzählen würde, wenn er nach ihren Lieblingsstädten fragte, konnte sich Arthur Dold vorstellen. Welche Städte aber würde sie wählen, wenn sie sich in die Frau versetzen sollte, die ihnen in Genua die Fahrkarten für die Fähre verkauft hatte?

Irgendwann fuhr das erste Auto an ihnen vorbei, paßwärts. Weder hatten sie vorzeitig den Motor gehört, noch die Scheinwerfer gesehen. Aus dem Nichts tauchten unvermittelt zwei Lichter auf und wischten vorbei. Bis Arthur Dold auf der Straße stand, das Gestöber hatte kein bißchen nachgelassen, waren nicht einmal mehr die Rücklichter zu erkennen; deutlich war dagegen das Rasseln von Ketten zu hören gewesen.

Danach, Lea hatte den Motor ausgeschaltet, erzählte Arthur Dold eine Episode seiner Kindheit, an die er sich plötzlich wieder erinnern konnte. War es der Geruch der Motorhaube in der Kälte gewesen, der ihn an den Eisengeschmack denken ließ, den er im Mund gehabt hatte, wenn sie dem Schienenstrang entlang im Zimmerbergtunnel verschwanden?

Ruedas Vater war damals Bahnhofsvorsteher in dem Ort am See gewesen. Und so kamen sie ohne Probleme an die Pläne des Eisenbahntunnels durch den Zimmerberg: Durchstich am 15. März 1896, Länge 2 Kilometer, unmittelbar nach dem Seeeingang eine gut 400 Meter lange Kurve nach rechts, alle 50 Meter eine Ausweichstelle. Nachdem sie den Plan eingehend studiert und den Bähnler, der alle 14 Tage einen Kontrollgang durch den Tunnel machte, befragt hatten, war der Entschluß gefaßt: Ihre nächste Expedition sollte in den Untergrund führen, von Schwelle zu Schwelle dem Geleise entlang, hinab in die Finsternis und hinüber ins Tal der Sihl.

An ihre erste Tunnelbegehung hatte Arthur Dold sonderbarerweise kaum Erinnerungen. Er saß neben Lea in dem eiskalten Auto, den schlafenden Hund im Rücken und gab sich alle Mühe, nicht aus dem Redefluß zu geraten. Hatten sie damals eine Taschenlampe mitgenommen? Proviant? Schlafsäcke? Streichhölzer? Hatte er nicht sogar einen Plan angelegt, der genauer war als der offizielle, weil er auch subjektive Wahrnehmungen, Gerüche etwa und Beschaffenheit der Felswände, verzeichnete?

Arthur Dold erzählte diese erste Tunnelexpedition nicht nach, er war gezwungen, sie neu zu erfinden: »Links und rechts des Schienenstranges lag allerlei Abfall, lagen Kleiderfetzen, lag Papier, und wenn ein Zug durch die Röhre fuhr, war der Tunnel in eine Art Vorzimmer der Hölle verwandelt. Zuerst sangen mit einem Mal die Schienen. Ein Geräusch, das rasch lauter wurde und sich bis zum unerträglichen Kreischen steigerte. Dann sahen wir, nur für Sekunden weit entfernt, die Stirnleuchten der Lok, während wir an den feuchten Wänden der Ausweichnischen in der Druckwelle standen, die der ›Gotthärdler‹ oder der ›Luzärner‹ vor sich herschob und im nicht minder gewaltigen Sog, welcher hinter den Zügen durch den Tunnel fegte. Alle paar Minuten befuhr übrigens irgendein Zug die eingleisige Strecke, und wir rannten wie aufgeschreckte Hühner von Nische zu Nische. Als wir endlich aus dem Tunnel traten, wären wir nicht überrascht gewesen, wenn uns die Wanderung durch die Unterwelt der SBB in ein anderes Jahrhundert geführt hätte. Aber natürlich war alles beim alten. Nur gerade eine Stunde war vergangen.«

Lea startete den Motor und zündete sich eine weitere Zigarette an: »Gegen die Kälte«, sagte sie entschuldigend und bat ihn, die Wolldecke zu holen, die im Kofferraum lag.

Das Schneetreiben war jetzt schwächer geworden, und er erkannte im Talgrund die Lichter verstreuter Häuser. Und dann sah er, weit entfernt, das zuckende Licht einer Schneefräse, die langsam näher kam. Er stieg ein, breitete die Decke über ihre Beine und steckte sich einen Cigarillo an.

»In einer halben Stunde können wir weiterfahren. Der Schneepflug ist unterwegs.«

»Sind Schneepflüge mit warmen Badezimmern ausgerüstet?« Lea lachte, drehte das Radio an und ließ ihren Kopf auf seine Schulter sinken.

Der junge Arthur Dold und sein Freund Felix Rueda hatten den Eisenbahntunnel mehrmals durchquert, zurück fuhren sie jeweils mit dem Zug, bis sie den Gang durch die gespenstische Röhre zu zweit zur Mutprobe erklärten. Der einzige, der die einstündige Wanderung ohne Licht und ganz alleine gewagt hatte, war der Sohn eines Gastarbeiters aus Italien gewesen. Während die anderen zu fünft oder sechst, ausgerüstet mit Taschenlampen, Kerzen, Streichhölzern und mit Ersatzbatterien, im Zimmerbergtunnel verschwanden, hatte sich Carlo an einem Donnerstagabend, Gewitterwolken fuhren gegen den See zu, alleine auf den Weg gemacht, und zwar barfuß und in kurzen Hosen, ohne ein Licht.

Carlo bewegte sich außerhalb ihrer Cliquen und wurde doch in Ruhe gelassen – mehr noch: Er gehörte trotzdem dazu. Einmal fing er mit bloßen Händen eine Elritze, hielt den zuckenden Fisch in die Höhe, bis zum Bauch im See stehend, und verschluckte ihn. Er tat Dinge, von denen andere nur redeten und machte überhaupt den Eindruck, für etwas Besonderes bestimmt zu sein. Aber galt das in ihrem Alter nicht für jeden?

Arthur Dold hatte sich in den vergangenen Jahren immer wieder gefragt, was aus diesem Carlo wohl geworden ist. An jenem Sommerabend gegen Ende der fünfziger Jahre war er zweifellos ein Abenteurer. Ausgerüstet mit einem leeren Konfitüreglas mit Schraubdeckel, den Zweck dieses Gefäßes sollten sie später erfahren, war er barfuß im Zimmerbergtunnel verschwunden – und dann eineinhalb Stunden später nicht aus dem Bummler gestiegen, der ihn aus dem Sihltal hätte zurückbringen müssen. War damit das Unglück geschehen, auf das Arthur Dold schon lange gewartet hatte? Er und Rueda waren sofort zum Tunneleingang gelaufen, um sich mit einer Lampe auf den Weg zu machen.

Keine zehn Minuten später war ihnen Carlo entgegengekommen. Als Beweis, tatsächlich den ganzen Tunnel durchquert zu haben und im Sihltal gewesen zu sein, hatte er das Marmeladeglas mit Flußwasser gefüllt. Carlo hatte beide Strecken zu Fuß zurückgelegt und also die Mutprobe gleich doppelt bestanden. Außerdem hatte er zwischen den Schwellen nach Münzen gesucht – über zwanzig Geldstücke legte er an jenem späten Sommerabend vor Arthur Dold und Felix Rueda aus: Trophäen eines Triumphes. Ein klarer Abendhimmel hatte sich über sie und den See gespannt; das Gewitter war inzwischen niedergegangen, und darum hatte es nach nassem Asphalt und nach Gras gerochen.

Ihr Leben hatte begonnen, hatte längst begonnen. Das hatte Arthur Dold an jenem Abend begriffen, weil er mit einem Mal wußte, daß er sich an diesen Moment immer erinnern würde. Und daß dieser Augenblick, da sie sich über die Geldstücke und das Glas mit Flußwasser beugten, vorbeiging, war der Beweis, daß auch die Zeit verging, unweigerlich verging. Sie standen über eine Handvoll Münzen gebeugt und über ein Glas mit Flußwasser, und sie hatten Kenntnis von einem Geheimnis.

Warnlichter rotierten über die Schneeflächen und die hohen Schneemauern, welche die Paßstraße säumten, auch waren jetzt Motorengeräusche zu hören.

»Sie kommen! Endlich!« Lea setzte sich aufrecht hinter das Steuer und startete den Motor, als wolle sie unverzüglich losfahren. Er öffnete das Fenster und warf den Cigarillo ins Freie. Letzte Flocken wirbelten in den Wagen, berührten seine Stirn und schmolzen. Der Himmel war verhangen, und dennoch brach da und dort Mondlicht hervor und tauchte die unberührten Schneefelder in ein Licht wie am Theater. Hinter Schneepflug und Streuwagen fuhren Personenautos, ein kurzer Konvoi, der abenteuerlich wirkte im Schein der Signallichter.

Arthur Dold stieg aus, und diesmal gelang es ihnen, den Wagen aus der Ausweichstelle auf die Straße zu fahren. Nach wenigen Minuten waren sie auf der Paßhöhe, wo Verwehungen über die Ebene hinstanden wie Kunstwerke. Eingeschneite Markierungspfosten nahmen sich aus wie Menschen, auf dem Marsch ins Engadin erstarrt, und mit etwas Phantasie gruppiert wie die Kinder, die früher im Dorf das alte Jahr ausgesungen hatten. Verschiedene Reifenspuren liefen kreuz und quer über den Parkplatz und erinnerten ihn an die Kalligraphie, die er manchmal auf großen Papierbögen übte. Geheimnisvolle Buchstaben, mannsgroß und doch nicht zu entziffern, querhin über den Platz und hinaus auf die Julierstraße. Schrift, die mit dem nächsten Schneefall verschwinden würde, ohne von jemandem gelesen worden zu sein.

Das Gewölk, das Wetter frischte auf, trieb geschwind auseinander, und es wurde merklich heller. Auto um Auto fuhr an ihnen vorbei, und bald näherte sich auch von der anderen Paßseite ein Pflug. Der Kartenhändler glaubte, den Landstrich aufgrund von Ruedas Stich HOSPICE DE JULIER erkennen zu müssen, aber nichts stimmte überein. Das Haus fehlte, der See fehlte und selbst die Felswände hatten andere Formen. Er griff Lea ins Steuer, und sie lenkte den Wagen auf ein geräumtes Parkfeld.

Felix Ruedas Stich zeigte ein falsches Bild, der Stich log. Und so sah Arthur Dold die Landschaft vor den Autoscheiben und diejenige des Stiches, von der er wußte, daß es sie so nicht gab; und darüber schwieg er.

Der Hund war erwacht. Er saß aufmerksam im Fond und zwängte dann seine Schnauze unter Arthur Dolds eingegipsten Arm.

»Laß uns zurückfahren«, bat er eindringlich, und es war das erste Mal, daß er seinen gebrochenen Arm als Ausrede mißbrauchte. Die Schmerzen, von denen er sprach, waren erfunden, denn er war müde, nichts als müde.

Kaum standen sie in ihrer Wohnung, umarmte Arthur Dold Lea, trug sie auf ihr Bett und legte sich auf sie wie ein Ungeheuer, dem man die Krallen gezogen hat. Lea befreite sich lachend und gleich darauf spürte er ihre nackten Beine auf seinem Rücken, ihre Oberschenkel und im Nacken ihr Haar, das so widerspenstig war.

Beschwörungen flüsternd küßten sie sich, und Arthur Dold wurde ausgezogen, das Ungeheuer war verwandelt in ein Kind, dem Kleidungsstück nach Kleidungsstück über den Kopf gestreift wird, das sich schaukeln läßt, die Arme über Kreuz um die eigene Brust gelegt. Das Licht fiel in Leas Gesicht, das ein anderes war als noch vor wenigen Augenblicken und das sich mehr und mehr veränderte, je entschlossener er zupackte, bis er endlich groß vor ihr kniete und auf ihr Zeichen wartete. Schließlich öffnete sie die Augen, und er drang in sie, so behutsam dies möglich war, und ohne sich dann für Minuten zu bewegen. Im Zwielicht sah er sie vor sich knien, seufzend, abgestützt auf den Händen. ›Drei Wünsche habe ich frei‹, dachte er und umschloß ihre rechte Fessel, wo an einer Goldkette ein Glöckchen klingelte, ›dabei genügt der eine, den sie mir erfüllt.‹

Später kroch sie fröstelnd in den Schutz seines Oberkörpers und unter die Decke wie ein Kind, das sich in seine Kissenburg zurückzieht, und er malte mit den Fingern Bilder auf ihren Rücken und immer wieder ihren Namen: Lea. Drei Buchstaben, im Takt seines Herzschlages auf ihren Rücken geschrieben, schläfrig und langsam, während ihre Wimpern an seiner Schulter zuckten. Lea schlief und war doch wach, hellwach, wie sonst erklärte sich der Druck ihrer Oberschenkel, ihrer Fingernägel. Vor den Fenstern wurde es bald hell, und über das Glas liefen in breiten Mäandern Regentropfen, die das Licht der Straßenbeleuchtung brachen und in irisierende Punkte verwandelten.

10

Wind wehte Regenfahnen über die Fassade und über das Hotelfenster, hinter dem Arthur Dold auf dem Bett lag und in Illustrierten und Zeitungen blätterte. Lea stand unter der Dusche, und er hatte sich für eine ganze Weile täuschen lassen und das Prasseln des Regens für das Geräusch des Wasserstrahls gehalten.

Das Wetter war seit Tagen ohne Makel gewesen, der Himmel hoch und weit, und sie hatten bereits am Gardasee bis in die Abendstunden an der Sonne gesessen. Warm war es, zu warm für den März, zumindest schrieben dies die Journale und prophezeiten einen trockenen Sommer, in dem das Wasser knapp werden dürfte.

Der Sprühregen hatte sie überrascht und durch die Arkaden gescheucht, zu ihrem Hotel, wo sie auf dem Zimmer das Ende des Schauers abwarten wollten. Arthur Dold hatte in den vergangenen Wochen nicht nur wertvolle Stücke ersteigert, sondern auch Verkäufe getätigt, die ihm ein Auskommen bis in den frühen Sommer garantierten. Sein Hausarzt hatte ihm den Gips abgenommen, und sein Arm war tatsächlich bleich und mager gewesen, wie ihm jedermann vorausgesagt hatte. Mit Elektrotherapie und gymnastischen Übungen, die er allerdings bald vernachlässigte, baute er die

Muskeln wieder auf, und wäre da nicht bei jähen Bewegungen dieser Schmerz gewesen, er hätte den Bruch rasch vergessen.

Am Morgen nach ihrer abgebrochenen Fahrt ins Engadin hatte er mit Rueda telefoniert und ihr Ausbleiben mit Schmerzen und mit allgemeinem Unwohlsein entschuldigt. Dann hatte er erfahren, daß der Geometrielehrer noch immer verschwunden war. Eine zweite Suchmannschaft war ohne Gadient zurückgekehrt, der unterdessen wieder hätte in der Schulstube stehen müssen. Die Spuren, so war Rueda berichtet worden, verlören sich auf einer Gletscherzunge, und als letzter Zufluchtsort bliebe Gadient nur eine SAC-Hütte, die aber im Winter eigentlich gar nicht zu erreichen sei. Rueda ließ seine Praxis weiterhin geschlossen und verbrachte die Tage damit, in Büchern zu lesen, die ihm in früheren Jahren wichtig gewesen waren.

Schließlich hatte Arthur Dold erneut seinen Besuch in Sils angekündigt.

Die Geräusche vor dem Hotel waren bereits Geräusche des Sommers – Stimmen aus Straßencafés, Musikfetzen, Geschrei von Kindern, Gelächter und von ferne der stete Schlag mehrerer Hämmer, welcher bis in seine Tagträume drang. Hatte ihn das Rauschen von Regen nicht schon eingeschläfert, wenn er im Bootshaus der Turiner lag, in seinem Kartenraum? Wenn der Regen als undurchdringlicher Vorhang über dem Seespiegel stand und er sich an Bord eines Trawlers glaubte, in den Gewässern des hohen Nordens? Groß war er mit einem Mal, und breit wuchsen die Schultern, stark. Die Kammer war ihm rasch zu eng, er drohte sie zu sprengen, das Dach, die Wände, und dazu lag die Frau im Fieber. Schweißnaß war sie und ihr Blick ein fremder, irrer, den er nicht kannte. So stand er vor dem Bett, wußte nicht zu helfen und dachte an ein Wunder und an Schnaps, der brennend durch die Kehle rinnt. Die Hitze saß ja auch in seiner Brust und wollte an die frische Luft.

Äcker lagen umgebrochen, Karrenwege zogen hin, zum Hügelsaum, wo Wald stand wie Gewöll. Vor der Kammer aber saß die Alte, und sie wußte Rat, Kürbisköpfe neben sich und Rüben: ›Ein Frosch, lebend in die Hand der Frau gedrückt, zieht in Stunden ab das Fieber und die böse Hitze!‹ Die Kröte saß wie tot in einer Furche, ließ sich fangen und dann halten von der Frau, die fiebernd fremde Länder sah und Menschen, nur nicht ihn. Finster war es, als er zu ihr kam, damit sie ihn erkenne als den eignen Mann. So stieß er sie, spürte schwinden ihre Hitze und sah den Frosch in ihrer Hand erdrückt und mit dem Blick, den nur die Toten haben. Er schloß die Augen, um zu schlafen, und wie er danach aufstand, war die Zeit vorbei, und seine Frau kam nieder. Nun plötzlich war die Kammer weit und voller Licht und Sonne. Dies freilich nicht für lange. Das Kind, es drängte ungeduldig aus der Mutter in die Welt, ihr Kind trug das Gesicht des Frosches …

Arthur Dold schreckte aus seinem Traum, weil das Geräusch des Regens fehlte und genauso das Prasseln der Dusche. Lea stand unter der Tür, eingewickelt in ein Badetuch, mit nassem Haar, und er erkannte sie als die Frau aus dem Traum, die das Kind mit dem Froschgesicht geboren hatte.

Arthur Dold erhob sich und schlug die Fensterläden auf. In ihrer Gasse roch es nach feuchtem Staub, und an der gegenüberliegenden Fassade trockneten Regenflecken. Der Straßenzug lag leer, in der Osteria an der Ecke trugen Kellner Gedecke auf und Speisekarten. Der Regen hatte das Leben für kurze Zeit von den Straßen in die Häuser gedrängt, nun wurden ringsum Fenster geöffnet, traten Leute aus Hausfluren und spielende Kinder.

Lea ließ das Badetuch zu Boden gleiten und zog ihn auf das Bett. Ihre Haut duftete nach einer der Cremen, die sie in zahlreichen Tiegeln in einer kleinen Ledertasche auf jede Reise mitnahm. Arthur Dold gab sich alle Mühe, das Gesicht des Froschkindes zu verdrängen und sah doch immer wieder Lea auf der Bettstatt liegen, den toten Frosch in der Hand, und mit einem Blick, aus welchem langsam das Fieber schwand.

Später lagen sie nebeneinander, in der Gasse keiften Frauenstimmen, und auch das Hämmern war wieder zu hören, weit entfernt und in stetigem Takt. Ihr Haar war jetzt nahezu trocken, und er wühlte sich hinein. Er wollte ihren Geruch wahrnehmen wie das erste Mal, in jenem Hotelzimmer am Rhein, erinnerte aber den Duft von Quittenbäumen, sie standen zwischen der ITALICA und dem Pförtnerhaus, sein Vater hatte sie nicht fällen wollen, da konnte der Turiner fluchen, wie er wollte. Wieso dachte er ausgerechnet jetzt an die Strünke, an denen sie jeden Tag vorbeigehen mußten, nachdem Arbeiter mit Äxten angerückt waren? Sonnenstreifen wuchsen über den Steinboden des Hotelzimmers und über Leas Füße mit den lackierten Zehen, die er so gerne in den Mund nahm, weil sie dann kreischte und mit ihren Fäusten auf seinen Rücken trommelte.

»Hast du gewußt, daß in Westeuropa jahrhundertelang die Meinung verbreitet war, Empfängnis sei auch während der Menstruation möglich?« Lea lachte leise.

Arthur Dold schüttelte den Kopf, schloß die Augen und sah sofort das Kind mit dem Froschgesicht und die Quittenbäume, die in voller Blüte standen; gelb wie die Punkte auf der Haut des Frosches.

»Kinder mit Muttermalen oder Sommersprossen galten als unrein, da sie offensichtlich während der Periode ihrer Mutter gezeugt worden waren. Der beste Beweis, daß sich Eltern nicht an das Verbot hielten, war allerdings ein ›Rotschopf‹. Da er aus Menstruationsblut geboren war, dichtete man ihm schlechte Neigungen und Eigenschaften an. ›Traue nie einem Rothaarigen‹, heißt es darum.« »Ich traue meinem ›Rotschopf‹.« Arthur Dold befreite sich aus ihren Armen und legte sich, lächelnd und mit geschlossenen Augen, auf den Rücken.

»Wenn ein Kind im Schlaf lächelte, war das ein schlechtes Zeichen – ein solches Kind lachte den Engeln zu. Und das bedeutete, daß es nicht mehr lange dauern konnte, bis es die Einladung annehmen und sich den Engeln im Himmel anschließen würde.«

Der Kopf des Frosches wurde groß und größer. Er würde platzen. Auch die Strünke waren verschwunden, denn der Turiner hatte sie von einem Bauunternehmen ausgraben lassen, mitsamt den Wurzeln, keinen Monat, nachdem sie weggezogen waren.

Arthur Dold lächelte trotzdem weiter. Die Sonnenstreifen reichten nun bis zu Leas Knien, die sich rhythmisch bewegten, weil irgendwoher Klavierklänge ertönten; Akkorde, die bald eine Frauenstimme begleiteten, die unerwartet eingesetzt und Gänsehaut auf Arthur Dolds Oberkörper gezaubert hatte.

Sie erwachten erst, als Dämmerung ihr Zimmer verdunkelte und Musikfetzen aus Bars drangen und Stimmen. Sie zogen sich rasch an, ohne viele Worte, unterbrochen von versteckten Berührungen und Zärtlichkeiten, während sie sich versicherten, hungrig zu sein, nichts als hungrig und das Lokal erwähnten, welches ihnen empfohlen worden war. Im Bad lagen sie sich mit einem Mal doch in den Armen, ungestüm und ohne Geduld, als sei es der letzte Kuß, die letzte Umarmung für lange Zeit. Sie liebten sich inmitten aufgeschlagener Zeitschriften und Bücher, Arthur Dold wischte einen Stadtplan vom Bett, und dann flüsterten sie sich Anfänge obszöner Geschichten ins Ohr, die sie zum Lachen brachten, bis sie ruhiger wurden und schließlich reglos beieinander lagen, hellwach und doch nicht imstande, aufzustehen und das Hotelzimmer zu verlassen.

Stunden hatte er im Bootshaus der Turiner verdämmert, Tage, unter sich das Geräusch der Wellen, die gegen die Bohlen schlugen und vor dem Fenster gelegentlich Rufe von Möwen oder das Hornen vorbeifahrender Schiffe. Erinnerte er sich an den Geruch der Mandelbäume, wenn er an den Blumenbeeten die Kanten nachstechen mußte und den Vater in der Orangerie suchte, weil es Zeit war für ein Bier und den Most, am Ufer des Sees? Näher als in diesen

Arbeitspausen waren sie sich nie gewesen: Arthur Dold hatte seinem Vater jeweils eine Zigarette anzünden dürfen und auch die letzten drei, vier Schluck Bier hatten ihm gehört. Schweigend hatten sie übers Wasser gesehen und dann aus den Seiten des ›Volksrechtes‹ Mützen gegen die Sonne gefaltet. Gelegentlich hatten sie Boccia gespielt und die Arbeit liegen gelassen, bis es einnachtete und Mückenschwärme über dem Schilfgürtel tanzten. Bei diesen Spielen hatte Dolds Vater den Garten der Turiner vergessen. Ausgerechnet er, der bei jeder Gelegenheit gegen die Oberschicht wetterte, verwandelte das Anwesen mit Sorgfalt und Phantasie in jenes Sinnbild für Reichtum, das weitherum gerühmt wurde. Sein größter Erfolg war gleichzeitig seine größte Niederlage. Eine Zeitschrift für Gartenbau druckte eine mehrseitige Reportage, die aber leider den Titel ›Juwel großbürgerlicher Gartenkunst‹ trug. Arthur Dolds Vater hatte den Text am Küchentisch gelesen und die Zeitschrift dann ohne Kommentar zerrissen. Er hatte die Reportage zwar nie mit einem Wort erwähnt, in den folgenden Wochen und Monaten den Garten aber offensichtlich vernachlässigt. Da und dort vermoderte Laub, wuchs Gestrüpp, was die Harmonie des Anwesens empfindlich störte. Das Schlimmste dieser stillen Vergeltung, die planmäßig und mit Hilfe der Natur durchgeführt wurde, war freilich die Tatsache, daß weder der Turiner noch seine Frau die Veränderungen bemerkten. Sie lobten ihren Gärtner weiterhin, als störten weder das Unkraut entlang der Gartenmauer, noch die Brennesselstauden hinter der Bocciabahn. Schließlich hatte Arthur Dolds Vater aufgegeben. Den Turinern war nicht beizukommen; sie nahmen keine Notiz von seinen Problemen, und so arbeitete er bald weiter an der Ausführung seiner Gartenvision.

Italienische Stimmen und Rufe aus den Gassen mischten sich mit Leas Worten, die von Patienten ihrer Praxis erzählte, von Männern mit verspannten Kinnmuskeln, denen Schweiß auf die Stirn trat, sobald sie den Bohrer zur Hand nahm. Arthur Dold gab sich alle Mühe und hörte doch nicht zu, weil er seine Mutter vor sich sah, die einen Wollpullover auflöste. Jahre zuvor hatte er zugesehen, wie sie die Wollknäuel zum Pullover verarbeitete, den der Vater im Herbst während dem Lauben trug. Wollknäuel, die in gleichem Maße kleiner wurden, wie die Stücke an den Stricknadeln wuchsen. Und nun sah er noch einmal zu, während er in einem italienischen Hotelzimmer lag, wie das Kleidungsstück seines Vaters zurückverwandelt wurde, aufgelöst und dann verstrickt zu einer Weste, die bald darauf einer seiner Onkel trug.

Später erhoben sie sich, machten sich zurecht, ohne das Licht angedreht zu haben und traten hintereinander auf die dunkle Treppe. Warmer Wind wehte Gerüche und Geräusche durch die Gassen. Die Zahnradbahn, welche Bergamos Altstadt, die auf einem Hügel liegt, mit der citta bassa verbindet, war hoffnungslos überfüllt. Sie hatten die Kabine mehrere Minuten vor der Abfahrt betreten und waren so zu Sitzplätzen gekommen. Zuvor hatten sie sich für eine halbe Stunde auf die Barterrasse der Bergstation gesetzt, unter sich das Lichtermeer Bergamos. Schweigend hatten sie geraucht und die Wärme genossen und die fremden Stimmen, noch immer schläfrig und mit trägen Bewegungen, als zerstöre Eile den Zauber des italienischen Abends.

In der muffigen Kabine der Bahn war dann alles anders. Drückend heiß war es und eng. Die meisten Passagiere warteten schweigend auf die Abfahrt, nur eine Mutter redete beruhigend auf ihr Kleinkind ein, das sich ängstlich umblickte und mit den Armen um sich schlug.

Kaum setzte sich die Bahn in Bewegung, zog das Kind den Schnuller aus seinem Mund und sah Arthur Dold herausfordernd an. Die Kabine fuhr ruckend in einen Schacht ein, und die Erschütterung warf die Fahrgäste gegeneinander; er spürte Leas Hand auf seinem Unterarm, roch ihr Parfum und sah sie mit geschlossenen Augen an ihn gelehnt dasitzen. Das Kreischen der Schienen nahm zu, deutlich hörte man, wie das Zahnrad in die mitten in den Schienen verlegte Zahnstange einklickte.

Das Kind sah Arthur Dold unverwandt an, es hatte noch keinen Moment gelächelt, dann streckte es plötzlich beide Arme nach ihm aus, verzweifelt keuchend. Im selben Moment griff die Mutter mit dem Zeigefinger in den Mund ihres Kindes und strich zart über das rosige und zahnlose Zahnfleisch des Mädchens, das genußvoll aufstöhnte.

Die Berührung war von einer Sinnlichkeit, die Arthur Dold erstarren ließ. Er sah sich nach Lea um, ohne den Kopf zu drehen, weil er wissen wollte, ob auch sie diese Szene mitverfolgte. Aber Lea hielt die Augen geschlossen, und er entdeckte Schweißtropfen auf ihrer Nase. Das Kind lehnte sich immer weiter in seine Richtung, den Finger der Mutter im Mund, an dem es saugte, während es Arthur Dold fixierte.

Auch die Frau sah ihn nun an, prüfend, da sie nicht wußte, ob es ihn störte, daß ihre Tochter mit Armen und Füßen vor seinem Gesicht herumfuchtelte.

Schließlich griff Arthur Dold nach dem Mädchen, das seiner Mutter im nächsten Augenblick aus den Armen geglitten wäre. Der kleine Körper war warm und schwerer als erwartet.

Er hielt das Kind, es hatte sich mittlerweile beruhigt und musterte ihn lächelnd, in die Höhe, so gut dies in dem Gedränge möglich war. Leas Kopf lag noch immer auf seiner Schulter, und als er bemerkte, daß ihre Lider zuckten, dachte er für Sekunden ernstlich, sie schlafe, ja träume seinen Froschtraum zu Ende.

In diesem Moment rumpelte die Bahn in die untere Station. In der Halle schrillte eine Glocke, und das Mädchen griff, als habe es auf dieses Signal gewartet, mit beiden Händchen und erstaunlicher Kraft nach Arthur Dolds Nase. Der Schmerz fuhr ihm bis in die Magengrube, und es gelang ihm nicht, einen tiefen Seufzer der Überraschung zu unterdrücken.

Was er als nächstes wahrnahm, war Leas erstaunter Blick, die seinen Seufzer nicht verstehen konnte, weil die Mutter und ihr Kind bereits im einsetzenden Gedränge der Fahrgäste verschwunden waren. Er entdeckte das spöttische Kindergesicht auf der Rampe, welche die Menge zum Ausgang führte. Das Mädchen ließ sich mit durchgedrücktem Rücken durch die Passagiere tragen wie eine Königin, die sich triumphierend umsieht und dabei herablassend mit ihrem Tuch winkt.

Arthur Dold roch an seinen Händen, nahm tatsächlich einen fremden Geruch wahr und sah sich in Lima nach der Explosion der Bombe in der Grasnarbe kauern. Er erinnerte sich an den Streit mit Maja, der ihn aus dem Hotel in die Arkaden und letztlich vor das Büro der peruanischen Armee getrieben hatte. Heiß war es auf der Hotelterrasse gewesen, unsäglich heiß, trotz des Schirmes, den ein Kellner über ihrem Tisch aufspannte. Sie hatten beide verbissen geschwiegen, da sie sich schon während des Frühstücks gestritten hatten, bis Maja die gespannte Stimmung nicht mehr ertrug: »Und außerdem bin ich schwanger.«

Arthur Dold fragte sich noch Jahre später, weshalb sie ausgerechnet jenen Moment gewählt hatte, um ihm dies beizubringen. Auch an ihren Gesichtsausdruck versuchte er sich zu erinnern, sah aber nur die sonnenüberflutete Fassade der Kathedrale neben ihrem Hotel, weil er Maja gar nicht angesehen hatte, weil er ihrem Blick ausgewichen war.

Und außerdem bin ich schwanger.

Was hatte das Wort ›außerdem‹ zu bedeuten, was der trotzige Ton? Amerikaner hatten die Terrasse betreten, eine laute Gruppe, die sich direkt in seinen Rücken setzte, lachend und ununterbrochen photographierend.

»Und das sagst du mir ausgerechnet hier? Bei dieser Hitze?«

War dies tatsächlich seine Antwort gewesen, wie Maja behauptete? Hatte er nicht nach ihrer Hand gegriffen, und hatte sie sich ihm nicht entzogen? Hatte sie ihm nicht sofort erklärt, er habe sich von jeher vor jeder Verantwortung gedrückt? Deutlich erinnerte er sich nur mehr an den Moment, da er aufstand, mit dem Kopf in das Gestänge des Stoffschirmes geriet und sich beherrschen mußte, um das Glas nicht auf dem Terrassenboden zu zerschmettern.

Ein Gespräch war jedenfalls erst am nächsten Morgen möglich gewesen, als man ihn aus dem Hospital entlassen hatte und sie sich in einer Bar gegenübersaßen. Er hatte seine Vorbehalte gegen diese Schwangerschaft geäußert, in langen und komplizierten Sätzen, weil er sich seiner Gefühlskälte schämte, dabei schien Maja seine Argumente gar nicht zu hören. Unbeirrt machte sie Pläne, in deren Zentrum das Kind stand, ihr gemeinsames Kind.

»Aber ich will kein Kind mit dir.«

Erst diese Wahrheit hatte sie begriffen. Sie hatte ihn fassungslos angesehen und dann das Lokal verlassen. Hatte ihm nicht der Arzt geraten, die Reise abzubrechen und nach Hause zu fliegen? Von einer Abtreibung wollte Maja nichts wissen, und er hielt ihr lange, wortreiche Vorträge, welche seine Argumente belegen sollten, jedoch das genaue Gegenteil bewirkten, bis sie schließlich beide schwiegen und sich aus dem Weg gingen. Drei Wochen nach ihrer Rückkehr hatte Maja das Kind verloren.

Lea stand vor Arthur Dold in der mittlerweile leeren Bahn und sah ihn fragend an. Er erhob sich und hielt seine Hände unter ihre Nase, als sei der schwache Geruch, den er sich wohl bloß vorstellte, Erklärung genug.

Arthur Dold fuhr aus dem Schlaf, aufgeschreckt durch einen Schrei, von dem er nicht zu sagen wußte, war er geträumt oder war er das nicht. Was hatte er gesehen? Pappeln, windbewegt?

Ein Boot, vom Steg gestoßen und auf Grund gelaufen? Kastanienbäume? Schultertaschen? Talschaften im Nebel, Geschnobber von Pferden auf Koppeln? Pistolenschüsse? Hatte man ihm Angst eingejagt? War er selbst der Mörder, der Schütze am Fenster, einen Bart trug er ja auch … Lea bemerkte er erst, als er ihr Schluchzen hörte. Sie saß am äußersten Rand des Bettes und zuckte zusammen, als er ihren Rücken berührte.

»Was ist denn passiert«, fragte er, »hast du geträumt?« Lea stand rasch auf, unsicher, wie er im Schein der Nachttischlampe sah, und mit ausgestreckten Armen, als sei das Hotelzimmer noch immer dunkel.

»Du hast geträumt?« fragte er noch einmal und ging ihr nach. Lea stand im Bad über das Waschbecken gebückt, die nackten Füße im Lichtbalken des Zimmers, fröstelte und ließ doch kaltes Wasser über ihre Handgelenke rinnen.

Arthur Dold wollte das Licht über dem Spiegel andrehen, setzte sich dann aber im Dunkeln auf den Wannenrand und legte beide Hände auf ihre Schultern. Leas Haut war schweißnaß, und er spürte ihre verhärteten Muskeln. Sie blieben eine geraume Weile so stehen, das fließende Wasser beruhigte, und Arthur Dold schloß die Augen, das Gesicht an ihren Rücken gelehnt, bis sie sich schließlich umdrehte.

Lea sah mit abwesendem Blick an ihm vorbei, legte dann einen Finger auf ihre Lippen und nahm ihn bei der Hand. Er ließ sich ohne Widerstand und ohne Wort auf den Balkon ziehen und dort in einen der Sessel drücken.

Am Himmel zeigte sich erstes Tageslicht, bereits hörte

man Autogeräusche und Schritte, die sich entfernten. Lea starrte auf die gegenüberliegende Fassade, wo unter dem Dach ein verlorenes Fenster hell war und der Umriß eines Mannes zu sehen war, der sich offensichtlich rasierte.

Sie blieben nebeneinander sitzen und sahen zu, wie weite Teile des Himmels hell wurden, wie gelbe Streifen am Horizont auftauchten und breiter wurden, bis das ganze Gewölbe gelb war und dann, fast übergangslos, rosa. Vogelschwärme tauchten auf, und die Dächer der Stadt, eben noch eine einzige dunkle Fläche, ließen sich von einem Abhang unterscheiden, an dem Zypressen in die Höhe stachen.

Nach einer Weile konnte Arthur Dold die kühle Morgenluft nichts mehr anhaben, und die Reglosigkeit, in der sie beide verharrten, schien ihm der einzig richtige Zustand zu sein.

»Bist du wach?« fragte Lea schließlich.

Er griff nach ihrer Hand und zog sie sanft auf seinen Schoß. Ihre Nackenmuskeln fühlten sich jetzt weich an und ihre Haut warm.

Lea stand auf und zog ihn zurück ins Zimmer; die Schatten der Möbel waren nun auch ohne Licht auseinanderzuhalten. Auf dem Nachttisch glänzte Schmuck, an der Wand das Metallkreuz.

»Du hast tagelang auf dem Bett gehockt«, sagte Lea. »Im Traum«, fragte er, »und was heißt überhaupt gehockt?«

»Gehockt halt. Wie ein … ein …«

»Wie ein Frosch?«

»Eher wie ein Idiot!« Lea lachte nun und erzählte, er habe sich außerdem geweigert zu reden und habe weder auf

Fragen noch auf Berührungen reagiert. »Ein langweiliger Traum«, meinte Arthur Dold und hatte Mühe, nicht einzuschlafen. Weit entfernt tropfte Wasser. Aber waren es nicht bloß zwei Schritt, und dann stand man im Bad vor dem Lavabo mit den altmodischen Armaturen?

»Es war ja nicht nur ein Traum.« Ihre Stimme war leise geworden, eindringlich. Sie preßte seine Hand, doch er spürte den Druck kaum; das Wasser tropfte, wie es in den Blechnapf getropft hatte, den er neben der Matratze im Bootshaus aufstellen mußte, sobald es regnete.

»Es war nicht nur ein Traum. Als ich erwachte, bist du tatsächlich auf dem Bett gehockt.«

Es tropfte nicht; was Arthur Dold hörte, war das Rauschen eines Stromes.

»Du bist bewegungslos neben mir gehockt und hast an die Wand gestarrt. Wobei du unverständliches Zeug gemurmelt hast.«

Stromabwärts trieb er; was lockte den Kartographen in die Tiefen des Urwaldes? Affengeschrei, Giftpfeile? Handwarmes Wasser, Papageienstimmen? Das Kartenmaterial war nicht zu gebrauchen. Er warf die gefalteten Papierbögen ins Feuer; schön, wie die Sümpfe brannten, der Kontinent und selbst die Meere.

»Mehrere Minuten. Und dann habe ich dein Gesicht in die Hände genommen. Weil ich dich ansehen wollte. Aber du hattest das Gesicht eines anderen Mannes. Es war ein anderer, der neben mir hockte.« Lea merkte erst jetzt, daß Arthur Dold eingeschlafen war.

Er lag entspannt neben ihr, und sein Atem war kaum zu

hören. »Darum habe ich geschrien«, sagte sie und schloß die Augen.

Hinter den verstaubten Schaufenstern war es ruhig und dunkel, dabei ging es gegen Mittag, und die Sonne fiel selbst in die engste Gasse von Bergamos Altstadt. Der Besitzer des Antiquariats hatte ihm eine Serie mittelmäßiger Stadtansichten gezeigt und einige schlecht restaurierte Atlanten und Reiseführer. Schließlich entdeckte Arthur Dold in einem Regal hinter der Türe jene Klassikerdichtung, nach der er lange gesucht hatte.

Er ließ sich den schmalen, ledergefaßten Band, Eichendorffs Taugenichts, einpacken, weil er ihn Rueda mitbringen wollte, der leidenschaftlich Erstausgaben sammelte. War es nicht absurd, das Buch ausgerechnet in Italien zu finden?

Der Mann stellte sich derart ungeschickt an, daß ihm Arthur Dold Geschenkpapier und Buch abnahm. Er hatte sich entschlossen, Rueda endlich zu besuchen, und Lea beim Frühstück gebeten, über das Bergell in die Schweiz zurückzufahren, um ihn in Sils abzusetzen. Er hatte vor, zwei, vielleicht drei Tage im Engadin zu bleiben und sein Kartengeschäft geschlossen zu lassen.

In der Via Gombito roch es nach frischem Brot, und im Schaufenster einer Papeterie sah sich Arthur Dold unvermittelt seinem Spiegelbild gegenüber. Er blieb einen Moment stehen, die Auslage zeigte Schreibgerät, und er begriff nicht sofort, was ihn irritiert den Atem anhalten ließ: Er hatte sich nicht sofort erkannt, das war es. Der Bärtige mit dem dünnen Haar und dem Staubmantel über dem Arm – wo war der Junge, der mit dem Boot dem Seeufer entlangruderte, weil er es vermessen wollte?

Er brauchte keine fünfzig Schritt zu gehen und stand, am Ausgang der Straße, vor einem Barbier. Die Tür des Lokales war offen, und er setzte sich in einen der beiden Lehnstühle aus abgestoßenem Leder. Das Gesicht in dem Spiegel über der Marmorplatte war dem Antiquar weiterhin fremd, und er hätte sich gerne im Profil gesehen oder gleich mit den Augen eines anderen.

Der Barbier erkundigte sich nicht nach Arthur Dolds Wünschen und machte doch bereits Schaum an, in einem Aluminiumnapf und mit raschen Pinselschlägen.

Als er nach der Rasur auf die Straße trat und davonging, Lea wartete bestimmt bereits im Restaurant ihres Hotels, hatte er das Gefühl, sein Gesicht sei zur Gänze verschwunden. Das Abtragen des Bartes hatte ihn beruhigt, und er dachte fasziniert an den ledernen Streichriemen, das Messer mit Horngriff und die Berührung der kalten Klinge auf seiner Haut, die heiß gewesen war und gespannt von einem billigen Rasierwasser.

Er vermied jeden Blick in Schaufenster oder Spiegel – sein Gesicht fühlte sich an wie ein glatt geschliffener Kieselstein, der Jahre am Grund eines Flußes gelegen hat und nun am Ufer in der Sonne trocknet. Hatte er auch diesen spöttischen Ausdruck um die Lippen, diesen Anflug eines unverständlichen Lächelns, das jedem Mann im Gesicht steht, der sich seinen Bart rasieren ließ?

Der Wind brannte auf seiner Gesichtshaut, und der Geruch des After shaves ließ ihn stutzen: Hatte er ein Revier zu markieren?

Und dann stand Arthur Dold vor dem Schaufenster eines Spielzeuggeschäftes; doch es war nicht sein Gesicht, das ihn interessiert. Von einem Balken hing ein Papierdrachen, und er mußte daran denken, daß es nicht einfach werden dürfte, diesen ins Engadin zu transportieren.

11

Böen lufteten aus dem Bergell über die Paßhöhe und strichen über die Schneefelder um Maloja. Die Fahrt durch Oberitalien war zu einer Reise vom Frühling zurück in den Winter geworden, und die Landschaft hatte sich verändert. Das Grün der Wiesen am Ufer des Comersees wurde fahler und bleicher, je näher sie dem Bergell kamen, braune und graue Farbtöne nahmen überhand, und sonnenversengte Abhänge rückten vor ihre Scheiben. Dann verstellten die Granitmassive der Sciora-Gruppe die Sicht, und wie sie in die Kurven des Maloja einfuhren, türmte sich beidseits der Paßstraße Schnee, zusammengesunken zu rußverdreckten Haufen.

Sie hatten Arthur Dolds Gepäck in seinem Zimmer im Hotel ›Rhätia‹ am Rande von Sils deponiert und waren dann zurück nach Maloja gefahren, weil sie gemeinsam essen wollten, bevor Lea ins Unterland weiterreiste.

An einem Ecktisch im ›Kulm‹ feierten sie Abschied, im Licht einer Kerze und mit wehmütiger Radiomusik, die sie an einen Abend ganz am Anfang ihrer Liebe erinnerte. Sie waren damals über zwei Stunden von Restaurant zu Restaurant gefahren, auf der Suche nach einem Tisch, der ihrer Stimmung entsprach. Während sie von Lokal zu Lokal fuhren, hörten sie Radio, und irgendwann, nach dem vierten- oder fünftenmal, da sie fluchtartig einen Grill-Room mit unmöglichem Interieur verlassen hatten, war ihnen das Fahren wichtiger geworden als das Essen. An einer Raststätte füllten sie den Tank, und danach fuhren sie direkt bis an den Genfersee. In einem Hotel neben dem Bahnhof von Montreux zeigte er Lea dann den Abzug von Ricciolis Mondkarte von 1651. Er hatte sie am Nachmittag gekauft, und die Rolle lag im Fond ihres Wagens. Und so saßen sie nackt in einem Hotelzimmer über einer Mondkarte; unter ihrem Fenster fächerten sich Schienenstränge auf, warteten späte Reisende. Hungrig hatten sie sich über die Zimmerbar hergemacht, über Erdnüsse und Schmelzkuchen und eine Flasche Champagner, welche Arthur Dold auf dem Balkon öffnete, weil er das Knallen des Korkens in den Straßen hören wollte wie das Echo eines Schusses.

Anhand der Mondkarte hatte er Lea beweisen wollen, daß man Karten nicht bloß ansehen, sondern im eigentlichen Sinne lesen mußte. Der Ferrareser Astronom Riccioli zum Beispiel hatte den Mondkratern die Namen berühmter Astronomen, Mathematiker und Physiker gegeben – damit war seine Karte eine sprechende Geschichte der Astronomie. Sie saßen über dem quadratischen Blatt, angetrunken und ausgelassen, bis erste Lichtbahnen auf dem See lagen und rasch breiter wurden. Kopernikus. Hipparchus. Heraklides. Sie hatten den Mond zur Landschaft gemacht und in Regionen aufgeteilt, die sie entweder bewohnen oder niemals betreten würden. Und schließlich hatte Arthur Dold zugegeben, daß er alle seine Karten in der stillen Stube studiert und sich nie für Geländelehre interessiert hatte. Natürlich wurden Landkarten in erster Linie aus militärischen Gründen angelegt. Wer ein Gelände kannte, konnte es gegen seinen Feind nutzen. Kannte Arthur Dold dagegen eine Karte, kannte er damit keineswegs die Gegend, die sie abbildete. Für ihn waren Karten nie etwas anderes gewesen als Träger seiner Phantasiewelten. Und so konnte er über einem Plan des Oberrheines sitzen und gleichzeitig Küstenumland vor sich sehen. Buchen und Eichen, gebeugt vom steten Wind der See und dann einen Tidenstrom, keine zweitausend Meter breit. Ein Stadtplan Wiens wurde zur Karte einer vergessenen Stadt, Straßenzüge zu den Gängen von Katakomben, und begraste Steinblöcke in der Donau machte Arthur Dold zum geheimnisvollen Archipel. Seine Augen folgten Höhenkurven, umkreisten den pyramidenförmigen Gipfel, er stieg und stieg, nahm den Grat, bis er auf der abgeplatteten Felsschulter stand, um mit einer Kopfbewegung in Moorgelände zu landen, 80 Kilometer östlich der Steinpyramide, die am Horizont gerade noch auszumachen war, groß wie der Kopf eines Streichholzes. Ein kartographiertes Waldstück, birnenförmig zwischen Hügelzügen lag es, wuchs unter seinem Blick und wurde groß wie Asien.

Kurz nach 21 Uhr begleitete Arthur Dold Lea vor das ›Kulm‹. Die Luft stand kalt und klar, und die Schatten umliegender Berge waren kein Bild der Schwermut, sie gaben Arthur Dold im Gegenteil das Gefühl, aufgehoben zu sein und beschützt. Firne glänzten, schneebedeckte Grate. Sie standen umarmt in der Kälte und küßten sich. Er hatte sich entschlossen, zu Fuß nach Sils zurückzugehen, und so setzte er sich, er hatte den Rücklichtern von Leas Wagen nachgesehen, bis sie verschwunden waren, zurück in die Gaststube des Hotels. Blieb er noch eine halbe Stunde an der Wärme, erreichte er Sils wohl etwa zur selben Zeit wie Lea ihre Wohnung im Unterland.

In der Gaststube war kaum Betrieb, er hatte seine Ruhe und dachte ziellos an dieses und jenes. Der Schnaps heizte bis in die Fingerspitzen, und bald zündete er sich den dritten Cigarillo des Abends an. Er war dabei, zu überhocken und mochte doch nicht aufstehen.

Unter einem Ölbild stand eine dunkel gebeizte Kommode, die ihn an das einzige Möbel denken ließ, das er je geschreinert hatte. Er hatte die Frisierkommode nach Majas Wünschen in monatelanger Arbeit zusammengebaut, immer am Rande der Verzweiflung und nahe daran, aufzugeben. Das Möbel, alleine das Bemalen und Beizen war eine Tortur gewesen, hatte sich zwar gut gemacht in ihrem Schlafzimmer, ihn aber immer gestört. Ausgerechnet er, der nichts als Spott übrig hatte für Männer, die ihm ihre Werkbänke und Bohrmaschinen vorführten, verschanzte sich wochenlang im Keller, wo er nicht gestört werden wollte. Neben dem Schraubstock lag die Bauanleitung, und dies war der erste Plan gewesen, den er partout nicht hatte verstehen können. Das fertige Möbel hatte er nie jemandem gezeigt, und Maja hatte er gebeten, keine Besucher in ihr Schlafzimmer zu führen. Er hatte den ovalen Spiegel, der sich kippen ließ, in eine gedrechselte Holzfassung eingelegt und den Korpus mit zwei Schubladen versehen.

Und in der oberen dieser Schubladen fand er, ein halbes

Jahr nach ihrer Rückkehr aus Peru, die Liebesbriefe, die ein anderer Mann an seine Frau geschrieben hatte. Die letzten Sätze, die Schrift des Mannes war hoch und spitz, waren gerade zwei Tage alt. Maja hatte die Briefe, das Bündel wurde von einem Gummiband zusammengehalten, durchnumeriert. Arthur Dold hatte die Kommode sorgfältig ausgeräumt und dann in den Garten getragen.

Dort zerschlug er das Möbel mit einer Axt, die er sich bei einem Nachbarn geliehen hatte. Diese Arbeit, sie war in wenigen Minuten erledigt, gefiel ihm, und es hatte wenig gefehlt, und er hätte das gesamte Mobiliar aus dem Haus getragen und verholzt.

Dann zündete er die Scheiter der Frisierkommode an. In der unteren Schublade hatte Maja Erinnerungsstücke an ihre Liebe aufbewahrt: Fotos, Ansichtskarten aus dem Militärdienst, Kinobillette, Theaterprogramme, Hotelrechnungen, kolorierte Pläne von Landstrichen, die er für sie erfunden hatte oder die Splitter des Zahnes, den er sich beim Skilaufen herausgeschlagen hatte.

Arthur Dold hatte sich alles genau angesehen. Er hatte die Briefe Wort für Wort gelesen und die Geschichte jeder Fahrkarte und Rechnung gekannt, und er hatte am Küchentisch gesessen und gewartet. Worauf? Geweint hatte er, einen Whisky getrunken und danach auch diese Erinnerungen in den Garten getragen und dem Feuer übergeben.

Die beschriebenen Seiten hatten sich in den Flammen gekrümmt, und Satz nach Satz war verglüht; Wind hatte die Asche davongetragen, über den Dachfirst und gegen den Wald hin. Maja hatte er später erklärt, er habe Platz schaffen wollen. Platz für ihre neue Geschichte, Platz für seinen Nachfolger, Platz auch für sich.

Als der Antiquar aus dem ›Kulm‹ in die frostklare Nacht trat, ging es gegen halb elf. Auf der geräumten Straße kam er zügig voran, und er stand bald am Ufer des gefrorenen Sees. Die Spuren der Loipe verloren sich in der Nacht, auf dem festgestampften Schnee vor dem ›Palace‹ stand kein Auto. Die Trakte des Baues waren dunkel, ohne Gäste, ohne Betrieb. Im verglasten Windfang und Entree stapelten sich Wolldecken, und Arthur Dold wünschte sich in eines der Zimmer, am Ende eines Flures, unter dem Dach und mit Blick hinab über die nahe Grenze, ins Italienische. Die Tapete würde er dann studieren, im Licht einer Funzel, und bald das Buch für Rueda aus dem Geschenkpapier lösen und sich selbst vergessen, wenigstens bis der Morgen über die Berge kam und er den schmalen Band zuklappte: »Sie lächelte still und sah mich recht vergnügt und freundlich an, und von fern schallte immerfort die Musik herüber, und Leuchtkugeln flogen vom Schloß durch die stille Nacht über die Gärten, und die Donau rauschte dazwischen herauf – und es war alles, alles gut!«

Arthur Dolds Eltern hatten sich in einem Hotel im Berner Oberland kennengelernt, an einer August-Feier im ersten Kriegsjahr: Auf der Terrasse der Dependance viel Volk an Blechtischen, darunter Militär, einige Gäste aus dem Mittelland und eine stille, dunkle Frau, die am Geländer sitzt, wo man wohl das Rauschen des Baches hört, kaum aber die Musik der Kapelle. Sie ist vor zwei Jahren aus dem Vorarlbergischen über die Grenze und nach Adelboden gekommen, wo sie einem Doktor den Haushalt führt und um die Kinder besorgt ist, weil ihm der Krebs die Frau genommen hat. Auf der Terrasse wird getanzt. Redner treten auf die Bühne und Jodler, auch ein Feuerwerk geht hoch, und mit einem Mal stehen Flammen auf Gipfeln und Flanken, läuten Glocken, wird gejubelt. Zwar treten ein paar Mal Männer vor den Tisch am Geländer, auch Soldaten, die sich galant verneigen, aber die Frau bleibt sitzen, weil sie nur Augen hat für den Kellner, der am späten Nachmittag die Lampione an die Drahtschnur band, rund um die Terrasse; Monde, Sterne, Sonnen. Nach Mitternacht, sie denkt ans Zahlen, steht er plötzlich vor ihr, stellt zwei Gläser ab und sagt: ›Darf ich Ihnen das Meer zeigen?‹ Unterdessen sitzt der Wirt hinter seiner Handorgel und spielt zur Polonaise. Die Schlange zieht Kreise über die Terrasse, tanzt hinaus auf die Straße und wieder zurück vor die Rampe, wo die Wirtin hinter ihrem Mann steht, der spielt, als wolle er die ganze Welt zum Tanze bitten. ›Das Meer?‹ Abseits steht das Paar im Finsteren und will sich gar nicht mehr loslassen.

Zwei Wochen später fahren sie mit seinem Borgward dem Gotthard entgegen, südwärts. Das Meer, sie kennen es von Photographien, werden sie allerdings gar nicht sehen: In Lugano mieten sie sich in eine Pension ein, sie wollen sich Zeit lassen für ihre erste gemeinsame Reise. Sie sitzen auf dem Balkon ihres Zimmers, und Albert erzählt Marlene, daß er die Kellnerstelle als Notlösung verstanden haben will: Gärtner wird er werden, Hotelgärtner zuerst und dann Unternehmer. Von einer Baumschule redet er, von neuen Rosensorten, und zeigt dabei über die Dächer Luganos hin zum

Monte Bre. Am Abend telefoniert er mit seiner Mutter, weil er wissen möchte, wie es dem Vater geht, der seit Wochen im Spital liegt. Damit ist ihre Reise beendet – Alberts Vater ist gestorben, und sie fahren am nächsten Morgen erneut dem Gotthard entgegen, nordwärts diesmal. Nachts geht ein Gewitter nieder, und Albert legt horchend seinen Kopf auf den Nabel von Marlene, den Mittelpunkt seiner neuen Welt. Blitze zucken über die Tapete, und der Donner läßt die Zahngläser an der leeren Chiantiflasche klingeln. Am Morgen ist der Luganer See grau, die Rückfahrt will kein Ende nehmen. Auf der Paßhöhe stehen sie im gleißendhellen Schnee, doch das Wasser, das beiden in die Augen steigt, hat andere Gründe. ›Das Meer‹, verspricht Albert, ›zeige ich dir ein anderes Mal!‹

Daß es mehr als vier Jahrzehnte dauern wird, bis sie zum zweiten Mal südwärts reisen, hätte er keinem geglaubt. Alt sind sie inzwischen geworden, grau, und fahren trotzdem über den Paß. Der Tunnel ist weder ihr geheuer noch ihm. Wieder stehen sie im Schnee, und diesmal kämpfen sie mit den Tränen, weil es kaum zu glauben ist, daß sie immer noch zusammen sind. Aber auch dieses Mal werden sie es nicht zu sehen bekommen, das Meer. Auf einer schnurgeraden Straße in der Lombardei, links und rechts nicken Pappeln im Wind, trifft Albert der Schlag, und ihr Auto gerät vor einen Tanklastzug.

Arthur Dolds Eltern waren auf der Stelle tot.

Sie saßen in ihrem Auto, von der Landstraße in eine Wiese geschoben, inmitten von Sommerblumen und Sträuchern, und im Gras verstreut lagen ihre Kleider und Photos vom

Meer. Hoch soll der italienische Himmel an jenem Tag gewesen sein, hoch und blau, grad wie aus Glas.

Die dichtstehenden Bäume wuchsen als Wand in die Nacht, und nur wenn der Pfad über Lichtungen und durch Schneisen führte, konnte Arthur Dold die Tritte anderer Wanderer oder die Spuren von Langläufern erkennen.

Sein Atem wollte sich nicht mit dem Rhythmus seiner Schritte decken; hatte er diesen Einklang endlich für ein paar Meter erreicht, geriet er in ein Loch und damit erneut aus dem Takt. Bald spürte er auch den Alkohol; die Beine wurden ihm schwer, er war bei jeder Steigung gezwungen, nach Luft zu schnappen. Als ihm einmal gar der Boden entgegenzukommen schien, blieb er stehen, um sich zu beruhigen. Der Weg fiel nun steil ab, querte einen Abhang und mündete in ein Tobel. Arthur Dold ließ sich nach vorne kippen und hatte bald zu viel Tempo für die Serpentinen des Weges – er trampte aus der Spur und in den Harsch, wo er sich fallen ließ. Er blieb eine Weile liegen, ohne vorerst die Kälte durch seinen Mantel zu spüren.

Atemlos war er, und ein Rasseln kam aus seinem Hals, schmerzhaft und laut in der stillen Winternacht. Der jenseitige Waldsaum lief parallel zum Weg, während diesseits die Stämme bald zurücktraten, bald ganz nah herankamen. War es wärmer zwischen den Bäumen? Sollte er durch den Schnee kriechen, in den Schutz des Waldes, wie früher, wenn er den Indianer spielte? Gab es etwas Besseres, als an einem Spätnachmittag im Schneegestöber von der Schule nach Hause zu gehen, im fallenden Schnee, wenn Dunkelheit die Wege rätselhaft machte und den Marsch durch den Garten der ITALICA zum Abenteuer? Er lag auf seinem Mantel und wartete lange.

Was sollte er sich zusammennehmen, hier in dieser Einöde? Arthur Dold schrie, schrie so laut er konnte und wie seit vielen Jahren nicht mehr. Auf seinem erhitzten Gesicht schmolzen Flocken, ja, es schneite, ganz sacht nur, und Wasser rann in seinen Kragen, den Rücken hinab. Steine, unterschiedlich groß und in langer Reihe angeordnet, zogen sich wie ein Schriftband über den Abhang hin. Über seinem Kopf stand eine Wolkenbank. Schwer und schwarz. Äste lagen wie Treibholz zwischen den Stämmen, die Schneehalden brandeten als Wellen gegen die Felswände zu.

In Ruedas Ordinationszimmer hing ein Stich, den er gerne besessen hätte. Der Druck zeigte zwar ein sturmgepeitschtes Meer, hohe Brecher, die auf den Betrachter zurollten und ineinander verkeilte Wolkentürme, strahlte aber dennoch eine Schönheit aus, deren Grund er erst nach längerem Hinsehen erkannt hatte. Aus dem Hintergrund des Meeres, weit hinter dem Horizont, leuchtete die Sonne mit unglaublicher Intensität. Das Meer sah dadurch aus, als werde es von innen beleuchtet, als befinde sich die Sonne an seinem Grund.

Dieses Leuchten übte auf Arthur Dold eine geradezu magische Anziehungskraft aus – und nicht nur auf ihn, wie ihm Rueda bestätigt hatte. Immer wieder erlebe er Patienten, die wie hypnotisiert vor dem Meer säßen; er habe deshalb daran gedacht, den Stich in seine Wohnung zu hängen, dann aber festgestellt, daß es die Patienten viel eher beruhigte denn ablenkte.

Schließlich stand der Antiquar auf und ging weiter.

Im ›Rhätia‹ würde er sich in die Telefonkabine bei der Rezeption schließen, und dann würde er Lea bitten, mit ihm ans Meer zu fahren, an irgendein Meer, und sobald der Sommer da war.

12

Fünf Striche, sechs: Der Mann fiel in den Abgrund, mit den Armen rudernd und die Beine zur Schere gespreizt.

Zeichnete Arthur Dold, geriet ihm alles zur Katastrophe. Wenige Striche genügten, und seine Figuren verloren nicht bloß den gezeichneten Boden unter den Füßen, sie verloren sich selbst. Verstümmelte waren es, die er auf Papierbögen warf, Krüppel, und ihre Welt aus den Fugen und mit nichts zu retten.

Darum hatte er vom Bild zur Schrift gewechselt. Waren seine Zeichnungen schrecklich, war die Schrift beruhigend und schön. Buchstabe nach Buchstabe fügte sich zum Wort, zum Satz und so entstand, Zeile um Zeile, ein Ornament der Ruhe und Schönheit. Diese Nacht war er sogar in seinen Träumen bemüht gewesen, nicht die Welt aus den Fugen gehen zu lassen: Pflichtbewußt hielt er die Griffe seiner Reisetasche, auch wenn er sich offensichtlich an Bord eines Flußdampfers befand. Hätte Arthur Dold den Blick gehoben und sich in seinem Traum umgesehen, er hätte die Segel gesehen, gebläht, voller Wind. Seine Bettstatt war also kein Dampfer, sondern ein Segelboot, das steuerlos zu nahe ans Ufer gerät. Die Aufbauten schlagen gegen Äste und ratschen durch Blätter, die es so groß gar nicht geben darf. Spätestens in diesem Augenblick hätte er den Blick heben müssen, denn die Segel waren in Dutzende von Leintücher verwandelt. Leintücher, die man zum Labyrinth aneinandergehängt hat, in dem sich jedermann verlieren kann, auch er, weil hier keine Karte weiterhilft.

War Arthur Dold unterwegs, nahm er stets einige Bögen Papier mit und die Geräte für seine Kalligraphie, welche er in einer hölzernen Schachtel mit Intarsien verwahrte.

Er rückte das Pültchen an das Fenster, breitete einen Bogen aus und füllte Tinte in die Breitfeder. Aber an diesem Morgen wollte ihm kein Buchstabe gelingen. Einen Tisch zeichnete er, an dem ein König saß und lachte. Schon der nächste Strich brachte das Idyll zum Kippen, und die Krone war verwandelt in die Säge, die dem Mann den Schädel aufschnitt. Die Erde tat sich auf, der König fiel, und Tinte spritzte querhin übers Blatt.

Dem Antiquar blieb nichts, als das Papier zu zerknüllen und seine Feder zu schließen, weil er sonst weiter gezeichnet hätte. Hatte er Lust auf Massaker, Blut, den Tod? War er nicht seit Jahren bemüht, seine Welt zu ordnen, mit Hilfe der Karten und der Schönschrift? Das Schifferparkett des Hotelzimmers schimmerte matt, und die Köpfe eingeschlagener Nägel glänzten wie Münzen, während sich das zerknüllte Papier knisternd öffnete und einen Teil der Zeichnung zeigte: zerbrochene Stuhlbeine, Gekritzel und Wut. Die Welt ein Chaos, und er zog Hilfslinien, malte Lettern in römischer Kapitalschrift. Arthur Dold stand auf, schwungvoll, als komme er sonst nicht hoch, und öffnete das Fenster. Im Hotelgarten, durch den Schnee in eine ebenmäßige

Fläche verwandelt, stießen abgebrochene Zaunpfähle durch die Schneedecke wie Speere, in die man sich hätte fallen lassen können. Hemden, Hosen, Wäsche: Er hatte seine Tasche nicht einmal ausgepackt, und auch die Bücher, die er mitgebracht hatte, mochte er nicht öffnen.

Vor einer Schulreise hatte er es tatsächlich fertiggebracht, seinen Proviant auf dem Küchentisch des Pförtnerhauses zu vergessen. Bei der Mittagsrast, sie wanderten im Gebiet des Großen Mythen, hatte Arthur Dold dann eine Landkarte nach der anderen aus seinem Rucksack gezogen, aber nichts Eßbares. Hatte nicht der Lehrer am Vortag befohlen ›Jeder nimmt das Nötigste selber mit?‹ Eßwaren? Regenschutz? Tee? Er hatte dem Lehrer während der Rast bewiesen, daß sie seit Stunden einen Umweg wanderten. Seine Karten logen nicht, aber von einem, der sich bei den Kollegen das Mittagessen zusammenbetteln muß, hatte sich der Lehrer nichts sagen lassen. Sie blieben auf dem eingeschlagenen Weg, mochte er noch so falsch sein. ›Karte hin oder her, Dold!‹ hatte der Lehrer erklärt, ›unseren Weg bestimme immer noch ich! Abmarsch!‹

Das ›Rhätia‹ lag auf einer Anhöhe, umschlossen von Nadelbäumen, Unterholz. Wind, und war er noch so schwach, wurde durch das Rauschen dieser Bäume zum beunruhigenden Sturm verstärkt, was Arthur Dold allerdings ein Gefühl der Geborgenheit gab. Neben dem Pförtnerhaus der ITALICA hatte ihn das allnächtliche Rauschen dreier Tannen eingeschläfert: Tannenmänner, die flüstern dir was. Noch stand das Tageslicht nicht mit voller Kraft im Talkessel. Wolken trieben in gleichförmiger Geschwindigkeit über die

Bergketten südwärts. Auf dem Vorplatz des Hotels stand ein Mann, die Hände, die in Fäustlingen steckten, in die Hüften gestemmt und mit einem Fuß auf einen Schlitten mit aufgeschnallter Wolldecke abgestützt. Arthur Dold blieb am Fenster stehen, barfuß und im Pyjama, obwohl ihn bald fror; er wollte sehen, wie sich der Mann auf den Schlitten setzte, um die Straße nach Sils zu nehmen. Die Oberschenkel gegen den warmen Radiator gepreßt, wartete er, den Vorhang, er roch nach Zigarettenrauch, vor das Gesicht gezogen, da sich der Mann mehrmals umschaute, als spüre er, daß man ihn beobachtete. Schließlich wurde die Hoteltüre geöffnet, und eine Frauenstimme rief einen Namen, einmal nur, dann verschwand der Fremde aus seinem Blickfeld. Den Schlitten ließ er stehen. Erst jetzt bemerkte Arthur Dold, daß ein kleines Kind, in die Wolldecke gepackt wie jemand Todgeweihter, auf dem Schlitten saß. Das Kind sah zu ihm hoch, und er trat vom Fenster, bevor es zu schreien begann.

Arthur Dold trat ins Treppenhaus, wo Dielenböden und Stiegen wie gewohnt ächzten, bis er vor Ruedas Praxis im zweiten Stock stand. Die Scheibe der Tür, sie zitterte unter seinem Klopfen in ihrer Kittfassung, war aus Milchglas und mit Lettern beschriftet, deren Farbe zusehends abblätterte. Da niemand öffnete, betrat er den dunklen Flur und setzte sich, auch auf sein Rufen zeigte sich der Freund nicht, in einen der Korbsessel im Wartezimmer.

Ruedas Praxis war in erbärmlichem Zustand.

Die Läufer und Teppiche waren durchgetreten, die Möbel

abgestoßen und wackelig. Wände und Decken gelb vom Qualm der Zigaretten, die Rueda unablässig rauchte. Außerdem war es empfindlich kalt, und so stand Arthur Dold bald auf; im Ordinationszimmer brannte zwar Licht, aber Rueda war offensichtlich nicht da. Sein Schreibtisch war mit Notizblättern, Rezeptblöcken, Medikamentenpackungen und Werbegeschenken von Pharmakonzernen übersät, und auf dem Stuhl lag ein Kissen.

Vor dem Haus stand ein Auto mit eingeschalteten Scheinwerfern, dies war ein Bild, das für Arthur Dold schon seit früher Kindheit eine eigentümliche Bedrohung darstellte: Immer wieder fielen ihm Autos auf, die mit eingeschalteten Scheinwerfern in Nebenstraßen oder Ausfahrten standen und offensichtlich auf jemanden warteten. Sie kommen und holen dich ab. Aber wohin bringt man dich? Und wozu? Und wer sitzt am Steuer? Als Junge hatte er es vermieden, an solchen Autos vorbeizugehen; er versteckte sich, ging Umwege und hatte dabei das Gefühl, noch einmal davongekommen zu sein – und wußte doch genau, daß dies eines Tages nicht mehr möglich war. Und so war er an einem verregneten Herbstabend vor vielen Jahren auf einen Wagen zugegangen, der mit abgeblendeten Scheinwerfern in einer Toreinfahrt stand. ›Jetzt stellst du dich‹, hatte er sich gesagt, die Pistole an der Schläfe, und die nächste Szene spielt dann bereits im Jenseits, und hatte einen alten Mann überrascht, der hinter dem Steuer saß, einen Apfel aß und in einem Magazin blätterte. Genützt hatte ihm dies freilich wenig. Er hatte zweifellos das falsche Auto erwischt, so einfach war das, und irgendwo stand der richtige Wagen. In einer finsteren Ausfahrt, welche aus diesem Leben führte, wartete er mit eingeschalteten Scheinwerfern und laufendem Motor, damit man keine Zeit verlor. Der Anblick eines wartenden Autos hatte also keineswegs an Bedrohung verloren; Arthur Dold trat vom Fenster und schloß die Gardinen.

Im Durcheinander des Pultes lag eine Photographie, die Rueda im Innern einer Berghütte zeigte: Er saß auf einer Bank, mit beiden Händen an den Schnürsenkeln seiner Bergstiefel nestelnd, im Mundwinkel eine Zigarette. Hinter Rueda ragte ein Spiegel ins Format, und Arthur Dold sah Gesicht und Schulterpartie des Mannes, der das Bild geknipst hatte – die Kamera verdeckte gut die Hälfte seines Gesichtes.

Auch an dem Tag, an dem sie sich wiederbegegnet waren, saß Rueda auf der Bank einer Berghütte; sie hatten sich nach der Schulzeit aus den Augen verloren, und Arthur Dold erfuhr von Dritten, daß Rueda nach dem Studium eine Praxis im Engadin übernommen und geheiratet hatte. Da sie Klassenzusammenkünfte mieden, sollte es an die zwanzig Jahre dauern, bis sie sich wiedersahen. Arthur Dold war militärisch umgeteilt worden und stand an einem Februartag seinem Schulfreund Felix Rueda gegenüber, als er eine Berghütte betrat. Ihre Train-Kompanie verschob sich während eines Manövers im Gebiet um den Piz Bernina, und eine Gruppe von acht Soldaten, darunter Arthur Dold, erreichte nach anstrengendem Marsch die Schutzhütte. Nach kurzer Pause befahl der Korporal die Traverse eines exponierten Schneehanges, weil in den dahinterliegenden Felsen eine Stellung aufzubauen war. Die Gruppe richtete Seile und Eispickel und war bald bereit, in den Hang einzusteigen, nur Rueda blieb seelenruhig sitzen, ja er zog sich sogar Schuhe und Uniformrock aus. Und dann sagte er jenen Satz, der sie auch heute noch erheiterte: ›Das lassen wir schön bleiben‹, teilte er dem verdutzten Korporal in aller Ruhe mit, und begründete seine Verweigerung mit der Gefahr eines drohenden Lawinenniederganges. Die lautstarke Auseinandersetzung endete mit der Drohung von scharfem Arrest für Rueda, dann verließ die Gruppe den Verschlag – ohne Rueda. Vor dem Einstieg in die vereiste Schneepartie verweigerte dann auch Arthur Dold den Befehl. So saßen sie zu zweit am Fenster und beobachteten ihre Gruppe, die zwar die Traverse schaffte, nicht aber den Rückweg: Kaum war der letzte Mann aus dem Hang ausgestiegen, ging nämlich tatsächlich eine Lawine nieder. In jener Nacht begann ihre zweite Freundschaft. Die Kegel starker Stablampen leuchteten das Gelände ab, Helikopterrotoren pladderten über der Hütte, Korporale brüllten Befehle, und sie erzählten sich ihre Geschichte. Rueda hatte einen mongoloiden Sohn, seine Frau war vor wenigen Monaten gestorben. In jener Nacht entdeckten sie auch ihre gemeinsame Leidenschaft für Landkarten, alte Bücher und Würfelspiele. Gegen Morgen spielten sie um die letzten Zigaretten und um die Wurst, die wie ein Pfand zwischen ihnen lag und die dann doch keiner essen mochte.

Arthur Dold drehte die Photographie um und hatte einige Mühe, die Handschrift, die eindeutig nicht von Rueda stammte, zu entziffern: »Rueda et moi, Frühlingstour 1982. ›Und wie starke Winde wollen wir über ihnen leben,

Nachbarn den Adlern, Nachbarn dem Schnee, Nachbarn der Sonne: also leben starke Winde.‹«

Rueda hatte ihm den Satz Nietzsches bei einem ihrer Telephonate vorgelesen und erklärt, das Zitat habe ihm lange Jahre als Losung für sein Leben gedient, als Ziel, welches naturgemäß nicht zu erreichen sei.

Als er erneut aus dem Fenster sah, war das Auto verschwunden. Und dann entdeckte er, daß Rueda den Stich weggehängt hatte; die Wand hinter dem Untersuchungsschragen war leer, deutlich zeichneten sich die Umrisse des Bildes auf der Tapete ab. Wollte Rueda wieder die ungeteilte Aufmerksamkeit seiner Patienten? Lenkte der Druck zu sehr von seinen Befunden ab? In diesem Moment ging die Haustür, und Arthur Dold verließ rasch die Praxisräume, in der Hoffnung, Rueda im Treppenhaus begrüßen zu können.

Auf dem untersten Treppenabsatz begegnete er Ohio, Ruedas Sohn. Sie setzten sich nebeneinander, und Arthur Dold zog einen Cigarillo aus dem Paket, den Ohio anzünden durfte. Erst dann gaben sie sich die Hand, um schweigend nebeneinander zu sitzen, während der Cigarillo hin und her ging. Der Mongoloide trug die Baseballkappe, deren Schriftzug Schuld war an seinem Übernamen.

»Vater weg«, sagte Ohio und deutete vage dorfauswärts.

Arthur Dold nickte und erzählte dem Mongoloiden dann, er habe in Italien einen Drachen gekauft, einen Drachen, der bestimmt genauso schön in die Luft steige wie der letzte. Und wenn sie sich beeilten, sei es nicht zu spät, um ihn heute noch in den Himmel zu ziehen.

Ohio ließ Arthur Dold gar nicht zu Ende reden. Er stand

auf und schob ihn aus dem Haus in die Kälte. Es hatte aufgeklart, und die Fenster einer Bergstation waren verwandelt in blinkende Spiegel, hoch oben am Hang, weit über der Baumgrenze.

Wind griff in das Papier, und der Drachen zog in die Höhe und holte Arthur Dold beinah von den Beinen. Er gab Leine und ging dann rückwärts über den freigeschneuzten Parkplatz, wodurch das Dreieck hoch genug stieg, um noch einmal in die Abendsonne zu geraten; das Tal lag bereits im Dämmer.

Sie hatten lange gebraucht, um den Drachen vom Boden zu bringen, und letztlich war es Ohios Geduld gewesen, die sie nicht hatte aufgeben lassen. Wieder und wieder waren sie über den Platz gerannt, bis wirklich Wind ihrem Drachen unter die Flügel griff. Nun war es zwar kalt, aber ihr Dreieck stand am Himmel.

Arthur Dold trat vom Parkplatz in ein Schneefeld, um den Drachen so weit als möglich von einer Stromleitung wegzumanövrieren. Ohio trug eine wattierte Jacke und hatte sich in die Kapuze verkrochen. Er hatte bisher kaum ein Wort gesprochen, war aber mit Eifer bei der Sache.

Endlich stand der Drache ruhig am Himmel, fast bewegungslos, hoch über Baumwipfeln und letzte Sonnenstrahlen reflektierend. Arthur Dold drückte Ohio die Leine in die Hand, sie standen dicht nebeneinander und starrten in den Abendhimmel. Nach ein paar Minuten, der Drachen hatte sich kaum bewegt und schwebte jetzt über dem höchsten Punkt der Anhöhe, wechselten sie erneut die Leine. Es dunkelte rasch und gründlich, und plötzlich frischte der Wind auf und ließ das Papier knallen.

»Loslassen!« sagte Ohio, leise zuerst, dann immer lauter, bis er Arthur Dold die Schnur aus der Hand nahm. Er ging ein paar Meter. Windschläge drückten den Drachen gefährlich nahe gegen die Baumkronen, dann ließ er die Leine los. Das Dreieck verschwand in der Dunkelheit.

»Rom«, sagte Ohio bestimmt, nahm Arthur Dold bei der Hand und zog ihn auf den Parkplatz. Skier steckten am Wegrand im Tiefschnee, Stöcke.

Am Eingang zur Dorfstraße stand ein Auto, und erst als sie näher kamen, erkannte der Antiquar seinen Freund: Ruedas Glatze glänzte im Schein der Innenbeleuchtung.

Dann standen sich die beiden Männer gegenüber, gebückt und stumm, und erst das Schlagen der hinteren Wagentür löste sie aus ihrer Erstarrung. Sie fielen sich lachend in die Arme, während Ohio im Fond saß und Grimassen schnitt.

Nun begann es zu schneien.

13

Neben dem Eckfenster, auf dem Sims stapelten sich Fachpublikationen, sorgte eine Stehlampe für angenehmes Licht. Das Aquarium, das bisher das Wohnzimmer unterteilt hatte, war verschwunden.

Rueda schenkte Selbstgebrannten in Gläschen und schob dann einen elektrischen Heizkörper zwischen ihre Sessel.

»Die Einheizerei ist mir zu blöd. Außerdem habe ich nicht einen einzigen Klotz gespaltet. Hoch die Tassen!«

Sie stießen an, und Arthur Dold fragte nach dem Aquarium.

»Gestorben. Ein Exot nach dem andern! Vom Schlammbeißer über den Gründling bis zum Zahnkarpfen. Alle krepiert!« Rueda machte eine wegwerfende Handbewegung und füllte nach.

»Und Menga?«

»Menga? Gekündet. Was soll eine Sprechstundenhilfe bei einem Doktor, der sich nicht mehr verheiraten will? Unterdessen kämpfe ich allein gegen Gebresten, die nur in einsamen Winternächten auftauchen.«

Er erhob sich und legte eine Schallplatte auf. Die Hitze der Heizrippen wärmte ihre Beine, und die Klänge einer Streichersymphonie füllten den Raum. Es schneite weiterhin;

wirr tanzten Flocken im Kegel einer Straßenleuchte und verglühten in der hereinbrechenden Nacht. Rueda öffnete umständlich einen Fensterflügel. Flocken wirbelten in das Zimmer, als würden sie angezogen von seinem Gesicht, wo sie schmolzen. Ohio tanzte vor dem Haus; mit ausgebreiteten Armen drehte er Pirouetten.

»Die meisten laufen ja zum neuen Doktor, weil der Apparaturen hat, die schön glänzen. Dort brauchen sie auch nicht um die Medikamente zu betteln, von denen ihnen büschelweise die Haare ausgehen. Mir soll's recht sein. Ich hab nämlich genug vom Kampf gegen die Vergänglichkeit. Am Schluß trägt doch jeder die eigene Haut in die Gerberei.«

Rueda lachte spöttisch, füllte noch einmal die Gläser und schloß den Fensterflügel. Auf der Lehne seines Sessels lag Zigarettenasche, kleine Pyramiden, die er von Zeit auf den Teppich blies; den Aschenbecher hatte er auf den Fußboden gestellt.

»Heutzutage wimmelt es doch von Leuten, die an etwas leiden, dessen Ursache unbekannt ist und das sich daher kaum behandeln läßt. Wären Schmerzen nur der Ausdruck von etwas anderem, wäre doch alles in bester Ordnung – man müßte bloß dieses andere finden und kurieren. Dummerweise ist das ganze nicht so übersichtlich angeordnet.«

Langsam wurde es warm in dem Raum. Vor den Scheiben schneite es weiterhin, und in die Schneedecke am Fenstersims hätte man bereits zeichnen können.

»Das Problem sind nicht die Schmerzen, das Problem ist der Tod. Oder vielmehr die Angst vor dem Tod.« Arthur Dold trank das Glas in einem Zug leer, obschon ihn der scharfe Geschmack in der Nase brannte. Rief nicht auf der Straße Ohio?

»Mit dem Schmerz läßt sich leben, glaubst du?« Rueda lachte und steckte sich eine weitere Zigarette an. »Da könnte ich dir freilich anderes beweisen. Gestandene Dorfpolizisten, die nächtelang geschrien und nach Spritzen gebettelt haben. Frauen, die mich um Erlösung anflehten, um den Tod, und ihre Schreie mit den Laken erstickten. Aber es wimmelt in der Tat von gesunden Menschen – die Schmerzen haben. Und mit Schmerzen dieser Art kann man sich wahrscheinlich sogar arrangieren. Wie man sich dagegen mit dem Tod arrangiert? Indem man die Angst verdrängt.« Rueda stippte Asche auf die Sessellehne und blies sie weg. »Verneinen. Verschütten. Verdrängen«, machte er.

Der letzte Satz der Symphonie war derart leise, daß Arthur Dold die Geräusche des Windes hören konnte. »Was genau ist denn so schrecklich an der Vorstellung des Todes?« fragte Rueda.

»Der Abschied. Das Loslassen von allem«, antwortete der Antiquar.

»Wovon?«

»Von allem.« Arthur Dold stand auf und drehte die Platte um, ohne dann aber die Nadel in die Rille zu setzen.

»Wie schüttelt man sich selbst die Hand, wenn man genau weiß, es geschieht zum letzten Mal?«

Sie saßen eine Weile schweigend nebeneinander, beschäftigt mit ihren Rauchwaren. Dann fragte Arthur Dold nach dem Stich, der früher in der Praxis aufgehängt gewesen war.

»Was für ein Stich?« wollte Rueda wissen.

»Das Bild vom Meer. Der Sturm.«

Rueda gab keine Antwort, stand aber auf und winkte ihn in seine Bibliothek. Regale reichten bis unter die Zimmerdecke, und an der einzigen freien Stelle lehnte der Stich an der Wand.

»Jetzt zeige ich dir die andere Seite, Dold!« Rueda richtete den Strahl einer Tischlampe auf den kolorierten Druck.

»Kaffee?« fragte er scheinheilig und verschwand in die Küche.

Arthur Dold mußte nahe an das Bild herantreten, um zu sehen, was Rueda mit ›der anderen Seite‹ meinte: In den Wellen kämpfte ein Zweimaster gegen seinen Untergang – bisher hatte er dieses Schiff gar nicht wahrgenommen. Dann sah er auch den Mann, der außerhalb der Lichtquelle im Meer trieb.

Das Licht in der Küche war grell, und Arthur Dolds Geschenk, Eichendorffs Buch, warf einen Schatten auf den Tisch, der groß genug für beide Kaffeetassen war. Rueda hatte die Erstausgabe ungeduldig ausgepackt und gleich auswendig seine Lieblingspassage vorgetragen:

»Wir streichen durch die Felder,
Von Schnee und Regen naß,
Der Mantel fliegt im Winde,
Zerrissen sind die Schuh ...«

Dann erzählte Rueda, sein Deutschlehrer am Gymnasium habe Eichendorffs Erzählung vor allen Klassen schlecht gemacht: ›Wer nach dem Taugenichts greift, greift daneben‹, habe er ihnen ins Sudelheft diktiert und gleichzeit das

Reclam-Bändchen ausgeteilt. Ihm habe die Geschichte aber ausnehmend gut gefallen.

Natürlich sei der Schluß kitschig, aber er halte sich ab und an ganz gerne an derlei Gefühle und Übertreibungen.

Rueda stand auf und holte in der Stube die Flasche mit dem Klaren. Arthur Dold blieb in der Küche sitzen, hörte die Dielen unter den Schritten des Freundes knarren, starrte in das Schneetreiben und machte sich einen Spaß daraus, das Geschenkpapier zu glätten und so oft zusammenzufalten, bis es in seine Cigarilloschachtel gepaßt hätte.

Rueda füllte die Kaffeetassen mit Zwetschgenwasser nach, ohne zu fragen, und sie stießen an. Tanzte Ohio immer noch im Freien, im Schnee? Durch das undicht schließende Fenster drang kalte Luft, und endlich fragte Arthur Dold nach Gadient.

Rueda erhob sich vom Tisch, kaum hatte er den Namen gehört, und ging aus der Küche.

»Scheißwinter. Das Wetter schlägt noch ein paar Mal um, das kann man mir glauben. Ich spür es in den Knochen. Heute Frost und morgen Tauwetter, warmer Föhn. Schweinerei!« Rueda stand am Fenster des Wohnzimmers und redete weiter, ohne auf Arthur Dold zu achten. »Ein Militärpilot hat ihn gefunden. Er transportierte mit seinem Helikopter Baumaterial über den Gletscher und bemerkte Gadients roten Anorak, keinen Steinwurf von der SAC-Schutzhütte entfernt. Gadient hat sich einen Iglu gebaut, in dem er offensichtlich die letzten Tage und Nächte verbrachte. Jedenfalls fand man Proviant, seinen Schlafsack, Petrollampen, Bücher und Notizen in dem Schneebau. Gadient saß direkt vor dem Eingang.«

Ohio war verschwunden, und die Spuren seines Tanzes liefen über den Hausplatz und hinaus in ein angrenzendes Schneefeld, wo sie in Kreise ausliefen; die liegende Acht der Unendlichkeit, von einem Mongoloiden in den Schnee getreten.

»Neben ihm lag ein weiteres Heft, und als ihm ein Arzt die rechte Hand öffnete, fand man einen Bleistiftstummel, um weniges länger als ein Zündholz. Die Schutzhütte war bis auf Gadients Rucksack leer. Auf dem Tisch lag eine Bergkarte, die Gadient in schmale Streifen geschnitten und verkehrt wieder zusammengesetzt hat.«

Ihr Atem beschlug das Fensterglas und verwischte ihr Spiegelbild – nach einer Weile verwandelte sich der Schatten des Nachbarhauses in ein Schiff, das vertäut in den Feldern liegt.

Arthur Dold zeichnete ein Gesicht auf die beschlagene Scheibe, einen Kopf, rund wie ein Globus. Nichts sah aus wie sonst. Der Schnee machte das Dorf zu einem fremden Ort.

»Laß uns zu Gadient fahren«, sagte Rueda, »ich zeige dir seine Karten und seine Aufzeichnungen. Ich habe nämlich die Aufgabe übernommen, seinen Hausstand aufzulösen.«

Damit wandte er sich ab, verließ seine Wohnung, ohne Mantel, ohne Handschuhe, und Arthur Dold ging ihm nach und ließ alle Lichter brennen, weil er keine Lust hatte, in ein dunkles Haus zurückzukehren.

Die Flocken fielen derart dicht und wurden noch dazu von einem Wind, der auf Schritt und Tritt die Richtung wechselte, durcheinandergewirbelt, daß sie glaubten, sie gingen im Kreis.

Um das Garagentor öffnen zu können, mußten sie zu den Schaufeln greifen, und dann überzeugte Arthur Dold Rueda, daß es vernünftig war, Ketten zu montieren. Im Licht einer Glühbirne hantierten sie lange ohne Erfolg, bis plötzlich Ohio in der Garage stand und ihnen half.

In Ruedas Cortina war es kalt, und sie gerieten trotz der Ketten ins Schleudern. Ohio hatte darauf bestanden, mitfahren zu dürfen. Er trug einen Pappkoffer mit aufgemaltem Kreuz bei sich, von dem er behauptete, es sei sein Arztkoffer.

Es waren kaum andere Autos unterwegs, auf der Straße nach Maloja sahen sie die Lichter von Schneefräsen. Arthur Dold hielt sich so ruhig wie möglich, nicht einmal sprechen mochte er. Die Bruchstelle schmerzte zum ersten Mal, seit man ihm den Gips abgenommen hatte, auch die Narbe am Hinterkopf spürte er.

Rueda saß entspannt hinter dem Steuer, als lenke er seinen Wagen nicht durch einen Schneesturm und über verwehte Straßen, deren Verlauf dank Markierungspfosten ersichtlich war. Windstöße ließen die Karosserie schaukeln, und als Rueda bemerkte, daß Arthur Dold die Fahrerei nicht geheuer war, nahm er die eine Hand vom Lenkrad, zündete sich eine Zigarette an und deutete nach hinten: Ohio schlief auf dem Rücksitz, seinen Pappkoffer an die Brust gepreßt.

Arthur Dold sah angestrengt aus dem Fenster; der Flockenwirbel verwirrte ihn, und er gab sich Mühe, die Häuser und Straßen zu erkennen, um sich der Strecke trotz des Sturmes sicher zu sein, und sich, zumindest im Kopf, einen Lageplan des Ortes zurechtzulegen.

Allmählich schien der Schneefall nachzulassen. Links und rechts der Straße ließen sich Schatten von Bergzügen ausmachen, gelegentlich sah man auch Menschen vorbeistapfen. Rueda warf die angerauchte Zigarette aus dem Fenster und fuhr dicht hinter einem anderen Auto her. Arthur Dold schwieg; ihm war kalt, und er hätte sich gewünscht, wie Ohio auf dem Rücksitz zu schlafen.

Sie gerieten in die Schneewächte am Mittelstreifen, und Rueda setzte sich nun doch aufmerksam hinter das Steuerrad; sie fuhren im Schrittempo weiter. »In einem Buch habe ich auf einem ägyptischen Papyrus eine Traumdeutung gefunden.« Rueda machte eine bedeutungsvolle Pause und sah Arthur Dold an. »Willst du sie nicht hören?« fragte er.

Arthur Dold nickte und sah unverwandt auf die Straße. Der Schneefall hatte jetzt fast ganz aufgehört. Er sah den Himmel, sah Wolken und einige Sternbilder.

»Wenn eine Frau ihren Mann küßt, wird sie in Schwierigkeiten geraten; wenn ein Esel mit ihr kopuliert, wird sie für einen schweren Fehler bestraft werden; wenn ein Ziegenbock mit ihr kopuliert, wird sie bald sterben; wenn sie eine Katze gebärt, wird sie viele Kinder haben; wenn sie einen Frosch gebärt, wird sie ein Mädchen haben ...«

Rueda kicherte und steckte sich eine neue Zigarette an. »Und warum erzählst du mir das?«

»Weil ich schon seit Monaten nichts mehr geträumt habe. Weder von Hunden, noch von küssenden Frauen. Nichts. Gar nichts. Wenn ich schlafe, falle ich in ein tiefes schwarzes Loch, in dem es keine Bilder gibt. Nichts. Nicht einmal Angst.«

»Und wie sieht es mit deinem Schlaf aus?«

»Ich schlafe tief, und ich schlafe länger als je zuvor.« Rueda manövrierte den Wagen von der Straße in ein Grundstück, welches von einer Schleuder geräumt worden war; das Parkfeld wurde eingegrenzt von Schneemauern, welche die Spuren grober Schaufelzähne zeigten.

»Gadients Haus?« fragte Arthur Dold und zeigte auf das Gebäude, das den Abschluß einer Häuserzeile bildete.

»Die letzte Begegnung mit Gadient entsprach ganz und gar nicht dem Naturell unserer Freundschaft.« Rueda schaltete den Motor aus.

Der Schneefall hatte nun ganz aufgehört, und Ohio saß aufmerksam hinter ihnen, die Hände auf Arthur Dolds Lehne gelegt.

»Wir saßen auf der Terrasse einer Pension in St. Moritz, wohin wir gefahren waren, weil wir wieder einmal Segantinis Bild ›Vergehen‹ sehen wollten. Nach dem Museumsbesuch unterhielten wir uns auf der verglasten Restaurantveranda und sahen über den Talkessel hin, in den langsam die Dämmerung einbrach. Die Natur führte uns sozusagen Segantinis Bild vor Augen, seine Schule des Lichts. Selbst die eine Wolke trieb am Himmel, in der Mitte beinahe kreisrund angeleuchtet von der Abendsonne. Gadient erhob sich und legte mir die Hand auf die Schulter: ›Die Logistik der Natur ist mir noch immer ein Rätsel‹, sagte er und verließ die Terrasse ohne weiteres Wort in Richtung Toiletten. Das war unsere letzte Begegnung.«

Rueda stieß die Tür auf und machte Anstalten, aus dem Wagen zu steigen, wurde jedoch von Ohio zurückgehalten.

Schließlich ließ er sich in den Sitz zurücksinken und redete weiter:

»Vor der Pension hat mich Gadient dann angeredet: Er hat seine aufgespannte Hand in die Höhe gehalten und diese als ›Segel meiner Zuversicht‹ bezeichnet. Dann sind wir in mein Auto gestiegen und losgefahren, heimzu.«

»Hat man ihn eigentlich schon beerdigt?« fragte Arthur Dold.

»Feuerbestattung«, antwortete Rueda. »Ich soll die Urne an einem klaren Wintertag auf die Wiese bei Isola stellen und den Deckel abheben. Der Wind werde den Rest besorgen, werde ihn wie Flugasche davontragen.«

Aus dem Fenster eines Stalles fiel Licht, gerade stark genug, das schräg abfallende Grundstück ein paar Meter weit zu erhellen. Am Dach von Gadients Haus knarrte eine blecherne Wetterfahne, und Arthur Dold geriet schon nach wenigen Metern in Tiefschnee, bis zu den Oberschenkeln sank er ein und mußte sich helfen lassen.

Rueda schloß die Tür auf und ging voraus, um in mehreren Räumen Licht anzumachen und sie dann in Gadients Bibliothek zu winken. Im gedämpften Licht zweier Ständerlampen erkannte Arthur Dold zimmerhohe Bücherschränke, einen Ledersessel und mehrere Tischchen, die mit Büchern und anderen Publikationen übersät waren. Ohio war auf dem Gang stehengeblieben. Man konnte sein Schimpfen hören, seinen munteren Redefluß, der kein Ziel kannte und sich selbst genügte.

Rueda schob Arthur Dold in ein Eckzimmer, welches sich

an die Bibliothek anschloß. In der Mitte dieses Eckzimmers stand ein quadratischer Tisch, in Schäften stapelte sich Kartenmaterial. Rueda machte verschiedene Lichtquellen an, zuletzt einen Strahler, der auf den einzigen Wandschmuck gerichtet war. Dann entdeckte Arthur Dold, daß die Schattenfiguren und Schemen, die rundum über die blaugestrichenen Wände sprangen, von einer chinesischen Laterne stammten, die an der Decke hing. Er trat an die aufgehängte Karte und identifizierte sie als Reproduktion von Dominicus Vigliarolus Portolan aus dem Jahre 1580. Er hatte diese Seekarte, im Original auf eine gegerbte Tierhaut gezeichnet, früher ausgiebig studiert und erkannte nun die Küstenlinien zwischen dem Schwarzen Meer und der Ostsee wieder.

Die Laterne schaukelte hin, schaukelte her, und es tanzten weiterhin Schemen über die Wände und ihre Gesichter. Arthur Dold hörte den Wind, der in die Bäume hinter dem Haus griff, und die Beleuchtung in dem blauen Kartenraum gab ihm den Eindruck, in einem Aquarium zu stehen, am Grund eines Beckens, auf dessen Wasserspiegel Sonnenlicht flirrte, Schatten von Blättern und Schwimmern.

»Das hier dürfte dich interessieren.« Rueda drückte ihm zwei Hefte in die Hand, ein schwarzes und ein weißes.

Mit einem Mal drehte sich das Zimmer mit seinen tanzenden Schatten, manche von menschlicher Gestalt oder in Form phantastischer Ungeheuer, welche Arthur Dold kannte, weil sie schon in seinem Jungenzimmer über die Wände geritten waren.

In Gadients Haus war es kalt, und Arthur Dold wurde übel.

In diesem Moment läutete das Telefon. Der Apparat stand direkt neben Rueda, und Arthur Dold verließ den Raum, Ausflüchte murmelnd, die Hefte in der Hand. Er wollte nicht hören, wie sich Rueda in der Wohnung des toten Freundes meldete, er wollte an die frische Luft, in den Wind, der rauschte und pfiff, daß man bestimmt sein eigenes Wort nicht verstand.

Im Flur roch es nach feuchter Wolle, nach Äpfeln und Schnaps, und in der Küche stand Ohio, seinen Arztkoffer in der Hand.

Der Antiquar öffnete die nächstbeste Türe und stand dann im Freien, auf der hinteren Seite des Hauses, unweit vom Rand des Waldes. Der Wind war ungewöhnlich stark und wehte Flocken in den Garten, an ihm vorbei, in die Höhe und über den First des Daches. Aus dem Ächzen schneebeladener Äste wurde bald ein Klacken, und die Hölzer schlugen gegeneinander, daß es klang, als kämpften irgendwo Hirsche mit ihren Geweihen.

Arthur Dold ging durch den Garten, über eine unberührte Schneedecke, die hier, auf der Schattseite des Hauses, verharscht war und sein Gewicht trug. Er ging einer Mauer entlang und trat auf das Grundstück des Nachbarn. Licht glomm hinter Fenstern, und Arthur Dold stand plötzlich inmitten aufgehängter Leintücher, klamm geworden in der Kälte, steif. Ein, zwei unbedachte Bewegungen genügten, und er geriet zwischen die Tücher. Er drehte sich wieder und wieder und hatte rasch jede Orientierung verloren. Er wandte sich hierhin, dorthin, ohne zu wissen, wo hinten war, wo vorn – alles ging ihm durcheinander.

Seltsamerweise war es nun windstill.

Arthur Dold hörte nur mehr sein Keuchen, und als er sich endlich befreit hatte, war er außer Atem.

Er stand in dem fremden Garten und ließ sich keine Zeit, sich zu beruhigen: Er trat auf die Straße und marschierte los, ohne sich Gedanken über ein mögliches Ziel zu machen, Gadients Hefte in der Hand.

14

Linker Hand schimmerte das gefrorene Wasser des Sees, an der Traufe eines Holzverschlages hingen schwere Eiszapfen, die er gerne abgeschlagen hätte wie früher die Schirme der Pilze im Garten der ITALICA.

Die Straße war spiegelglatt, und er kam doch gut voran. Er hatte sich bisher keine Pause gestattet und war nicht einmal stehengeblieben, als er sich einen Cigarillo anzündete.

Er ging in die falsche Richtung, weg vom ›Rhätia‹, und es war ihm egal. Marschierte er Stunde um Stunde in die eingeschlagene Richtung weiter, würde er, irgendwann morgen früh, die Landesgrenze erreichen. Sein Gehen geschah automatisch, nahezu ohne Kraftanstrengung, und so fand er Zeit, Gedanken und Bildern nachzuhängen. Schon nach kurzer Zeit endete jeder Gedankengang bei Lea; sah er ein Gesicht, war es ihres, und es schien ihm folgerichtig, wenigstens nach Maloja zu gehen, um im ›Kulm‹ einen Kräuter zu trinken und mit ihr zu telefonieren.

Er würde am frühen Morgen ins Unterland reisen, dies nahm er sich vor, und hatte noch keinen Gedanken an Gadients Hefte verloren – keinen Satz hatte er bisher darin gelesen, nicht ein Wort. Rundum war es still, einzig unter seinen Schritten knirschte Schnee, und gelegentlich befreite sich ein Baum von seiner Last.

Das Gehen enthob ihn der Zeit. Er atmete ein, atmete aus, machte Tempo oder flanierte für ein paar hundert Meter so gemütlich, als gehe er nicht durch einen Winterwald, sondern durch Pinienhaine, die ihn zum Strand führten: Nach der Scheidung von Maja hatte er für mehrere Wochen in einem sardischen Dorf gelebt, alleine und als sein eigenes Kind, denn die Kammer, in welche er eingemietet war, glich seinem Kinderzimmer aufs Haar. Eng war der Platz zwischen Tisch, Bett und Fenster, hier sollte er atmen. Tage lag er auf dem Bett, tat nichts und ließ dennoch viel geschehen. Sein Fenster ging auf das offene Meer hinaus, streunende Katzen waren seine Gäste, und nachts lag er in seinem Ausguck wie in einer Dunkelkammer, in welcher er die Bilder seiner Erinnerungen entwickelte. Als dies geschehen war, verbrachte er Wochen am Strand, nahm die Zeit, wie sie kam, und fütterte Katzen durch und Hunde. In der Osteria wies man ihn bald Abend für Abend an den selben Tisch, er trank Rotwein und spielte Karten mit den Männern des Dorfes, die ihn auch ihren Familien vorführten, den bleichen Mann aus dem Norden, der nichts tat, nur las und Pläne zeichnete, die ihnen gefielen. Gegen Ende des Sommers versammelten sich die Kinder des Dorfes unter seinem Fenster, die Dornen der Sträucher konnten ihm nichts mehr anhaben, und er ging in kurzen Hosen zum Meer, kannte jede Bucht, jede Strandsichel.

Rasch kannte er die Bedeutung der Wolken und der wechselnden Farbe des Meeres. Er schlief weniger als je und hatte das Gefühl, seine Haut sei zu Leder geworden in Sonne und

Wind. Als die Tage kürzer wurden und kühl, schnürte er die wenigen Kleider zum Bündel, das er am Hafen liegenließ: Im Bug stand er und war sich sicher, Boden unter den Füßen zu haben, der ihn fortan trug. Zurück in seinem Land hatte er diese Sicherheit kein halbes Jahr bewahren können. Täglich träumte er sich zurück in seine Kammer, zwischen Bett und Tisch verlor er sich, in diesem engen Platz, wo ihm der Kopf so leicht in der Hand lag.

Bislang hatte ihn kein Auto gekreuzt oder überholt, und so war er überrascht, nach einer langgezogenen Kurve die Scheinwerfer eines Autos zwischen den Bäumen zu erkennen.

Arthur Dold wollte weitergehen, sardische Gerüche in der Nase, aber der wartende Wagen erinnerte ihn an ein Problem, das er für gelöst gehalten hatte. Er bog von der Landstraße in den Waldweg ein und ging auf das Auto mit den eingeschalteten Scheinwerfern zu, um zu erkennen, daß es nicht wartete, sondern feststeckte. Das rechte Radpaar war von der Straße in eine Verwehung geraten und bis zu den Radkästen eingebrochen.

Ein Mann, vielleicht 30 Jahre alt, kam auf ihn zu, aufgeregt und außer Atem; er trug einen knielangen Mantel und eine Mütze aus Fell, was Arthur Dold an seinen Vater denken ließ, der winters ebenfalls eine solche Mütze trug, sobald er das Haus verließ.

»Ich brauche Ihre Hilfe«, sagte der Mann bestimmt und gab ihm die Hand. »Planta«, stellte er sich vor, »Andreij Planta. Das Fruchtwasser ist vor kurzem gebrochen, und ich muß mich beeilen.«

Arthur Dold sah den Mann verständnislos an.

»Meine Frau erwartet ein Kind«, erklärte Planta, »ich bin auf dem Weg zur Hebamme.«

»Und wo ist Ihre Frau?« Planta schüttelte den Kopf, riß die Wagentüre auf und drehte das Licht aus. Dann zog er Arthur Dold waldeinwärts.

»Sie liegt im Bett«, sagte Planta ungeduldig und ging schnell weiter. Das Tempo ihrer Schritte paßte exakt zusammen, und so klang es, als gehe nur ein Mann über den festgefahrenen Schnee. Plantas Schuhleder knarrte, und die Nervosität nahm ihm den Atem; schon nach wenigen Metern schnappte er nach Luft und mußte anhalten. Zwischen den Stämmen lag die Schneedecke unberührt, und der Wald war wie eine Kathedrale, so groß und so still.

»Beruhigen Sie sich doch«, sagte Arthur Dold und bot Planta einen Cigarillo an. Die Flamme des Zündholzes war nur ein kleines Licht und genügte doch, damit sie sich ansehen konnten. Die kalte Luft und der beißende Rauch ließen Arthur Dold seinen Körper spüren.

Die schmerzende Narbe am Hinterkopf war nicht länger unangenehm, sondern fast eine Lust. Er erinnerte sich an einen Streit mit Felix Rueda, der viele Jahre zurücklag: Sie hatten sich, im unwegsamen Dorfwald mit Pfeil und Bogen unterwegs, so lange gestritten, bis sie glaubten, ein Faustkampf sei der letzte Ausweg – zuletzt waren sie sich wortlos gegenübergestanden, aus den Nasen blutend und mit Jungenwünschen, die gegen jede Not halfen.

Arthur Dold fühlte sich matt und sah sich doch gezwungen, Mut zu machen. Die Sicht war jetzt klar. Sterne stachen, das Firmament schien bis auf die Stämme abgesenkt.

»Es wird alles gut gehen«, hörte sich Arthur Dold sagen. Nun war er es, der den Fremden weiterzog.

»Wir haben uns für eine Hausgeburt entschieden, weil meine Frau sich in Krankenhäusern nicht wohlfühlt.« Arthur Dold nickte und sah in einiger Entfernung ein Licht aufscheinen, an einer Stelle, wo sich der Wald zu einer Lichtung auftat.

»Und warum rufen sie die Hebamme nicht an?« fragte er.

Jetzt lachte Planta und zeigte gegen das Licht hin. »Weil wir kein Telephon haben. Mit meinem Traktor sollten wir den Wagen aus dem Tiefschnee schleppen können.«

Das Haus lag nach allen Seiten frei, und jetzt, da endlich die Bäume zurücktraten, tat sich auch der Himmel auf. Sie gingen auf das eine Licht zu, und Arthur Dold war überzeugt, Planta eine Hilfe zu sein, auch wenn er nicht wußte, was ihn erwartete.

Als sie näher kamen, unter ihren Schuhen knirschte Schnee, schlug ein Hund an, und am erleuchteten Fenster erschien der Umriß einer Frau. Sie traten auf die Lichtung, sie waren am Ziel.

In der Küche roch es nach frischem Brot und nach Melisse. Auf dem Tisch lagen Baumnüsse, Bleistifte und ein Luftpostbrief aus Amerika. Planta hebelte das Ofenloch auf und legte noch etwas Holz nach, dabei war es so heiß, daß Arthur Dold das Gefühl hatte, er fiebere.

Unter der Tür stand Maja, doch dieser Irrtum hatte seinen Grund im Wechsel von der Kälte an die trockene Hitze. Arthur Dold mußte bloß die Augen schließen, und dann war es Plantas Frau, die in der Tür stand und vor Schmerzen weinte, weil das Kind auf die Welt wollte.

Plantas Haus lag im Offenen. Musikalisch sang der Wind in seinen Dachsparren, und der Antiquar war noch immer überzeugt, helfen zu können. Das Kind ließ ihnen nicht die Zeit, nach der Hebamme zu fahren, und im nächsten Moment stand Arthur Dold am Herd und brühte Wasser auf.

Erstaunlicherweise war er vollständig ruhig.

Es würde sich weisen, was zu tun war.

Arthur Dold hatte Gadients Hefte auf den blankgescheuerten Tisch gelegt, und als er ans Fenster trat, sah er den Schnee bis weit in den Wald hinein leuchten. Die Schrift auf dem Briefumschlag kippte nach links, war gedrängt und an Plantas Frau gerichtet. An der Wand zwischen Fenster und Tür hingen einige Photos von ihr, und Arthur Dold suchte den Blick der abgebildeten Frau, einmal im Fasnachtskostüm, dann in Lederhosen vor einem Motorrad, die jetzt im Nebenzimmer lag und laut stöhnte vor Angst und vor Schmerz. Er trug das heiße Wasser in das Zimmer und wußte sofort, daß er in Ereignisse verwickelt wurde, die außerhalb seiner Erfahrungen lagen. Planta sah ihn an und bedeutete ihm, daß die Rollen verteilt waren: Er wußte, was zu tun war und Arthur Dold sollte ihm beistehen.

In dem Zimmer roch es nach Kamille und frischer Wäsche, auf dem Sims des einzigen Fensters saß ein Bär mit großen Knopfaugen. Selma sah Arthur Dold dankbar an, als biete ihr seine Anwesenheit Schutz und Sicherheit. Sie lag auf dem Rücken, hielt sich an ihren Knien fest, zog ihre Beine an und spreizte sie auseinander, wobei sie laut keuchte.

Der Schmerz veränderte ihr Gesicht auf eine Weise, die Arthur Dold nicht für möglich gehalten hatte. Sie kämpfte, und sie kämpfte alleine.

Ihr Mann tupfte ihr Schweiß von der Stirn, redete beruhigend auf sie ein, aber sein Flüstern, seine Beschwörungen wurden von einem Schrei unterbrochen, der Arthur Dolds Hilflosigkeit noch deutlicher machte. Er hatte seinen Platz verloren und hatte doch nichts anzubieten als seine Anwesenheit.

Die Wehe riß Selma hoch. Ihre Zähne waren entblößt, er sah das hektische Pochen ihrer Schläfen und ihre Hände, die voller Kraft und Verzweiflung nach dem Arm ihres Mannes griffen. Ist dies nun das Ziel, diese Arbeit, diese Qual, weil man will, daß es weitergeht, das Leben? Ihre Schreie wurden leiser und gingen über in ein Ächzen, das kein Ende nehmen wollte.

Dann setzte sie sich auf und bat Arthur Dold um etwas zu trinken, ein Glas kaltes Wasser und Tee, er solle bitte Tee aufkochen. Das Bettlaken war naß vor Schweiß, genau wie ihre Locken und ihre Haut.

In der Küche war es heiß und ruhig, und er streute Lindenblüten in das brodelnde Wasser und sah schon wieder seine frühere Frau vor sich: Sie saß auf der Terrasse ihres Hotels in Lima, und er spürte das bekannte Gefühl der alten Schuld.

Als er den Tee in das Schlafzimmer trug, war die Reise ohne ihn weitergegangen; Selma schrie und lächelte im nächsten Moment.

Arthur Dold begriff, daß dieses Lächeln ihrem Mann galt,

der nun auch den Boden unter den Füßen verlor. Er wartete die Wehenpause ab und führte dann die Tasse an ihren Mund. Planta legte ihm die Hand auf die Schulter, und in den folgenden fünfzig Minuten taten sie automatisch das Richtige. Sie hatten ihren Platz gefunden und wußten auch, was zu tun war, als der Kopf des Kindes aus der Vagina drängte, hier bin ich, zieh mich in die Welt und sieh mich an, ich habe getan, was zu tun ist, nun ist die Reihe an dir.

Selma preßte ein weiteres, ein letztes Mal, und ihr Mann zog an dem Kind, und es rutschte in seine Hände und war frei. Das Gesicht des Neugeborenen war voller Vorwürfe, voller Triumph auch. Arthur Dold griff mit dem Finger in den winzigen Mund und holte Schleim heraus, und jetzt schrie das Kind, das ein Mädchen war, schrie hell und schloß die Augen.

Planta hielt seine Tochter im Arm und legte sie dann seiner Frau auf den Bauch und kroch zu ihr ins Bett. Dieses Glück ließ sich nicht mit einem Fremden teilen, und Arthur Dold trat ans Fenster. Nun schneite es wieder, ganz leicht nur, aber es schneite, und der Wald stand dicht um das Haus.

Er starrte lange in die Dunkelheit, sah sein Spiegelbild und Maja, die auf einer Sandsteintreppe saß und lachte, weil sie einem Mädchen zusah, das erste Gehversuche machte und sich an Arthur Dold festhalten mußte, der mit seiner Kamera am Fuß der Treppe kauerte.

Er starrte in die Dunkelheit, hörte das Flüstern des Paares, diese Sätze, die für einen Außenstehenden ohne Sinn waren, und die er doch verstand. Er hörte den Atem des

Babys und fühlte die Trauer, die sich, du hast es verpaßt, in ihm ausbreitete.

Er beugte sich über das Bett und ergriff Selmas Hand, die sie nach ihm ausstreckte. Dann sah er die Augen des Kindes, was ihn versöhnte, sah das Pulsen der Nabelschnur und schloß die Augen.

Arthur Dold öffnete die Türe und trat ins Freie. Der Schneefall zog einen durchlässigen Vorhang um das Haus, und doch sah er vereinzelte Sterne am Himmel. Er stand lange, und er stand ruhig, zuerst im Schutz des Daches, dann mitten auf der Lichtung. Die kalten Flocken taten wohl. Seine Gedanken gingen zurück, zurück zum ersten Bild, welches er von seiner früheren Frau hatte: Maja saß auf der Gartenlaube, auf der auch er stand und rauchte – dabei stieg das Fest in allen Räumen des Hauses, nur nicht im Garten. Auf der Laube, Gesträuch wucherte durch jede Ritze, war es ruhig gewesen, und sie blieben bis zum Schluß, bis Morgendämmerung aufzog und sie im ersten Sonnlicht saßen. Er hatte sie auf den ersten Blick geliebt und gleichzeitig gewußt, daß er nie ein Kind von ihr wollte.

Die Flocken fielen nur mehr spärlich. Kalter Wind blies über die Lichtung und brachte die Kronen der Bäume in Bewegung. Arthur Dold ging quer über die Rodung, Gadients Hefte gegen den Oberkörper gepreßt, als hielten sie die Kälte ab.

Daß er über einen gefrorenen Teich ging, spürte er erst, als er das Jammern des Eises hörte. In seinem Rücken wuchs Plantas Haus in die Nacht, und die Lichter der beiden erleuchteten Fenster waren die Augen, unter deren Aufsicht er den Gang übers Wasser wagte. Arthur Dold fror und doch war die Bise ein Trost, weil sie ihn die Konturen seines Gesichtes spüren ließ.

Das Eis würde jeden tragen, also auch ihn.

Krachend liefen Risse über die Fläche, und unter dem Eis lag das Wasser: kalt und tief. Die Decke jammerte unter seinen Schritten, und der Himmel klarte auf. Er legte sich auf den Rücken und erinnerte sich daran, wie ihn sein Vater früher an den Händen gefaßt hatte, um ihn wie ein Kreisel zu drehen, bis Arthur Dold den Boden unter den Füßen verlor und durch die Luft segelte, Runde um Runde. Nach einer Weile hatte ihn sein Vater losgelassen, weil sie die Figuren liebten, die er bei der Landung im Schnee hinterließ. Figuren, denen sie Namen gaben, in denen sie Tiere erkannten oder Gegenstände, aber nie den Körper eines Kindes. Arthur Dold breitete die Arme aus und bewegte sie auf und ab, wie es seine Schwester früher getan hatte, damit ihrem Schneeabdruck Flügel wuchsen.

Das erste Heft

Die Geleise

Knapp wächst die Böschung aus der Landschaft, und im Schotter steht Gesträuch; scheint die Sonne, sind die Gleise abends warm. Längst ist die Strecke aufgelassen und wird vor dem Dorf zum Abstellgleis.

Verkrautet ist der Prellbock, beide Weichen und das Backsteinhaus am Übergang. Die letzte Lok fuhr schon vor Jahren.

Der hintere Kanal

Gesäumt von Pappeln nur auf knappen hundert Metern: Dort fließt das Wasser schnurgerade. Dann rückt der Fels heran, der Bannwald, und das Tobel wird gefüllt vom tosend südwärts fallenden Gewässer. Dort, wo das Flußbett breiter ist und flach, sind Nachen angepflockt; manchmal sieht man Frauen darin sitzen und auch Männer.

Das Gehölz, die Birken

Wind bringt Kronen in Bewegung und wirft Spatzen übers Land. In den Stämmen ist es früh schon finster, und die

Birken leuchten weiß. Einmal trug man Tische in den Wald, Wein und Brot, trug Käse auf und tanzte zu Musik. Bei den meisten ist dies längst vergessen. Und wer sein Mädchen küßen will, der meidet diesen Wald. Denn manchmal hört man Stimmen, tritt näher, ruft, und findet dennoch: Keinen, nichts.

Der Wind ist's, der leis flüstert im Gehölz, den Birken.

Die Lagerhallen

Dunkel, lang und nah am Ufer des Kanals. Hunde streunen hier und Katzen. Menschen? Kaum. Die Tore sind verrostet, den meisten Fenstern fehlt das Glas.

In den weiten Hallen haben Kinder Angst: Zu dunkel ist es hier, zu menschenleer. Fässer sind zerschlagen und Maschinen demontiert – hier bläst ein Wind durch Hallen, als gäb es keine Wände.

Das neue Magazin

Frisch gestrichen, eben erst gedeckt. Dies Dach ist weit ins Land hinaus zu sehn. Der Parkplatz groß, die Rampen numeriert: Lastwagen legen an, auch nachts, dann brennen Lichter und man glaubt, das Haus gehöre zur Armee.

Rufe hört man und Befehle; erst zum neuen Morgen wird es still.

Der Rasenplatz

Kreisrund und mitten zwischen Häusern. Das Gras nie länger denn ein Zündholz, stehn Fahnen hier im Wind und Flaggen.

Schüsse fielen Jahre nicht. Brigaden sah man damals und Paraden, Panzerdivisionen. Man hört von einem Denkmal und hat Helden vor den Augen ganz aus Stein.

Das Haus in der Mitte

Exakt vermessen und verzeichnet. Hundert Schritt nach Nord und Süd, zweihundertzehn nach Ost und West – dann steht man in den Feldern und hat das Haus genau im Kopf. Groß ist es und mit den Erkern wie ein Schloß, und niemand weiß, ob stimmt, was alle munkeln: Das Haus gehört dem Präsidenten, der es bauen ließ für eine Frau, die niemand je gesehn.

Der Palast

Kein Wort dazu. Die Wachen lassen unsereins nicht näher, und so wendet man sich ab: Die Faust im Sack.

Das neunte Zimmer

Wände und Decke blau bemalt, das Schifferparkett poliert, daß die Nägel glänzen. Sechs Schritt lang und vier Schritt breit. Am Tisch sitzt man und denkt. Im Zimmer nebenan lacht eine Frau. Ihr Freund ist da, du hast den schweren Schritt gehört, der bis zur zehnten Türe ging. Bücher liest du nun, Atlanten: Im neunten Zimmer, das zum blauen Käfig wird.

Das Zelt, das Rondell

Rot und weiß gestriemt, wo stehn des Nachts die Sterne? Bären sieht man, Pferde, Elefanten. Lichterketten leuchten, und man lacht. Dressierte Löwen willst du sehen, Tiger, die brav kuschen.

Später, Regen rauscht jetzt nieder, strömt das Volk durch hochgeschlagne Plachen: Schön wars, lustig! Und die Affen stehn am Gitter, zeigen das Gebiß.

Der Weg

Lang ist er und schwer im Winter, das muß genügen. Durch die Felsen führt er fort ins Eis.

Mehr soll nicht verraten werden.

Das vorletzte Quartier

Das Haus wird aus Holz sein, es wird am Gletscher stehen und niemand wird es winters erreichen können: Nur er.

Das Haus wird aus einem Raum bestehen und die beiden Fenster werden aufs blaue Eis hinausgehen; einen Ofen wird es in dem einen Raum geben, eine Liege, welche die ganze Hausbreite füllt, weil sie für eine handvoll Berggänger gedacht ist, und auch eine Küche wird sich finden und Brennholz.

Er wird die Schutzhütte betreten und gleich zu seinem Quartier herrichten. Den Holztisch wird er unter das breitere Fenster rücken und den mitgebrachten Proviant in den Schaft neben der Spüle räumen. Dann wird er Holz spalten, Kerzen aufstellen und seine Schreibhefte bereitlegen, seinen Bleistift.

Das Tagebuch

26. Dez. – 12 Grad C. Wind aus NW.

Schneefall. Vor der Abenddämmerung kurze Aufhellung, dann sturmartige Böen. Glücksmomente. Lichtstreifen über dem Firn, stiebender Schnee am Grat. Unten im Tal eine Ahnung von Lichtern. Sils? Die Straße nach Italien? Automobile?

27 Dez. – 16 Grad C. Wind aus NW.

Schneegestöber, schon am Morgen früh. Geräusche wie von fernen, gewaltigen Harfen, die am Rand des Gletschers stehen. Spuren vor der Hütte, die rasch verweht werden. Habe alle Schränke und Schubladen durchsucht. Habe mit Absicht keine Bücher mitgebracht und werde nun doch lesen können: Im Küchenschaft fand ich Moby Dick und in der Tischschublade ein Wetterlexikon. Ansonsten fand sich wenig: 1 Kugelschreiber, mehrere alte Zeitungsbögen, 9 Schachteln Zündholzer, Küchenbesteck, Kerzen, Wolldecken, 1 Landkarte der näheren Umgebung, 1 Axt.

28. Dez. – 8 Grad C. Wind aus N.

Heller Tag. Kaum Schneefall, wenig Wind. Saß lange vor der Hütte an der Sonne, die allerdings kaum wärmte. Abends die Gewißheit, daß die Lichter im Tal weder von Sils, noch von der Straße stammen können.

29. Dez. – 10 Grad C. Kein Wind.

Holz gespaltet. Den Schreibtisch vor das andere Fenster gerückt. In Moby Dick geblättert. Kopfschmerzen, Durst.

30. *Dez.* – 18 *Grad C. Wind aus NW.*

Schneefall, gegen Mittag gesteigert zum Gestöber. Deutlich die Geräusche von Schritten ums Haus – der Wind in den Dachsparren, wie ich am späten Nachmittag beruhigt feststelle.

31. Dez. – 17 Grad C. Wind aus N.

Marod. Das Papier, das Holz, die Kälte. Acht Schritt in der Länge und fünf in der Breite. Neujahr? Um Mitternacht trete ich vor die Hütte, das Weinglas in der Hand. Danach höre ich den ersten Satz einer Symphonie im mitgebrachten Transistor und lege mich dann schlafen mit rasenden Kopfschmerzen.

1. Jänner – 2 Grad C. Wind aus W.

Kein Wort. Tisch erneut umplaziert. Lange gekocht. Radiomusik.

2. Jänner – 9 Grad C. Wind aus W.

Starker Schneefall. Stunde um Stunde geschaufelt, als sei es von großer Wichtigkeit, einen schneefreien Streifen um die Hütte zu ziehen. Tee mit Schnaps; gelesen. An Briefe gedacht. Rueda.

3. Jänner – 11 Grad C. Kaum Wind.

Lange die Landkarte studiert. Holz gespaltet und am Nachmittag ein rechtes Stück den Gletscher hinaufgestiegen, ohne Eispickel und Steigeisen. Danach wenig gelesen, Hütte gereinigt. Gekocht.

4. Jänner – 17 Grad C. Wind aus NW.

Marod? Schmerzen. Will den Gletscher nicht mehr sehen und verhänge beide Fenster. Kein Schritt aus dem Haus. Erst unmittelbar vor dem Einnachten eingeheizt. Lachanfall, dann geheult.

5. Jänner – 18 Grad C. Wind aus NW.

Spuren vor der Hütte. Glaubte kurz nach dem Mittag Stimmen zu hören, Gelächter, Fragen. Tisch ein letztes Mal umgestellt? Gardinen verbrannt, die Liegestelle mit Wolldecken zum Zelt ausgebaut, wo ich ungestört liegen kann. Spät eingeheizt, um zu sparen? Holz gehackt, geschrieben. Keine Zeile Moby Dick, dafür im Wetterlexikon geblättert, mit wachsender Freude.

6. Jänner.

Nicht aus dem Bett gekommen. Gelesen. Kaum etwas gegessen, dafür mehrere Kannen Tee aufgebrüht, mit Schnaps versetzt. Morgens das erste Mal das Thermometer vergessen, den Wind. Egal. Gar nicht eingeheizt und kaum gefroren. Wind heult, als rede er zu mir. Mit mir? Trotz mir? Beethoven gehört. Mozart.

7. Jänner – 18 Grad C. Starker Wind aus N.

Viel gearbeitet; Schnee geschaufelt, Holz gehackt, warm gekocht und eingeheizt. Hütte gereinigt. Geschrieben und nach dem Mittag in weiten Kreisen um die Hütte gestapft.

8. Jänner – 12 Grad C. Wind aus NW.

Schneegestöber. Moby Dick kaum aus der Hand gegeben: »Wer aber in seiner Brust zum Prometheus wird, dem frißt in aller Ewigkeit der Geier am Herzen, sein eigenes Geschöpf.«

9. Jänner – 14 Grad C. Wind aus W.

Kaum Schneefall, gegen Mittag Aufhellung. Schmerzen in der Hand, darum kein Holz gehackt. Proviant kontrolliert und in verschiedene Regale geräumt: Unbedingt nötig /

Nötig / Unnötig. Gegen Abend den Portwein aus dem Regal Unnötig ins Regal Nötig gerückt. Vor der Hütte mit einer Schneeskulptur begonnen.

10. Jänner – 18 Grad C. Kaum Wind.

Nebel. Trüb, marod. Holz gehackt. Auf der Rückseite der Landkarte eine Zeichnung begonnen. Wind hat die Schneeskulptur geschleift.

11. Jänner – 20 Grad C. Starker Wind aus NW.

Müdigkeit. Schmerz. Portwein; Tee mit Schnaps. Arbeit an den Heften, wenige Minuten vor der Hütte – meine Skulptur ist zur Gänze verschwunden. Radionachrichten ausgeschaltet. Liebe? Wo.

12. Jänner – 22 Grad C. Starker Wind aus NW.

Kaum aus dem Bett. Wind pfeift, Wind orgelt, droht das Dach abzuheben. Gelesen; dann Holz und Proviant kontrolliert. Am finsteren Himmel die Ahnung großer Vogelschwärme.

13. Jänner – 9 Grad C. Wind aus N.

Arbeit am Heft. Bleistiftzeichnung weitergemacht.

14. Jänner – 6 Grad C. Kaum Wind.

Heller Tag. Den ganzen Vormittag vor dem Haus. Holz gehackt und einen Pfad gletscherwärts geräumt. Arbeit an den Heften. Nachts Stimmen um die Hütte, schwere Schritte übers Dach. Gegen Morgen springt die Türe auf –

schwarze Männer überall; Fieberschub. Krank, Fieberträume. Fremde Länder, Kontinente. Hitze allüberall; Affen in den Bäumen, Papageienkreischen. Rueda winkt mit Rezepten und lädt mich zu einem Gläschen Klaren. Schritte, Stimmen. Getier, Flugzeuge? Aufklärung.

21. Jänner – 14 Grad C. Wind aus N.

Schwach auf den Beinen. Dennoch den ganzen Tag vor der Hütte im Wind. Gegen Abend Schneefall. Holz gehackt – länger als 1 Woche werde ich nicht mehr heizen können. Auch der Proviant geht langsam aus. In Moby Dick gelesen; Arbeit an den Heften, Landkarte auf der Rückseite der Landkarte beendet. Radiostimmen.

22. Jänner – 12 Grad C. Wind aus NW.

Der Kontinent regt sich; Schneeschultern, Fels, Eisschründe. Vor der Hütte einen breiten Gürtel geräumt. Gelesen.

23. Jänner – 10 Grad C. Kaum Wind.

Das letzte Holz gehackt. Warm gekocht. Arbeit an den Heften. Den Tisch ein weiteres Mal vor das andere Fenster gerückt.

24. Jänner – 11 Grad C. Kaum Wind.

Heller Tag. Sonne im Gesicht. Den Entschluß gefaßt, einen Iglu zu bauen, die Hütte zu verlassen. Arbeit an den Heften, Landkarte in Streifen geschnitten, viel Holz verfeuert, und doch nichts gekocht – bloß Teewasser gebrüht. Zu Musik aus dem Transistor getanzt. Kopfschmerzen.

25. Jänner – 10 Grad C. Kaum Wind.

Heller Tag. Iglu begonnen. Glücksmomente. Wolkenschiffen nachgesehen. Gemsen (?) am gegenüberliegenden Grat beobachtet. Komme gut voran. Abends warm gekocht, Arbeit an den Heften.

26. Jänner – 14 Grad C. Wind aus NW.

Arbeit. Proviant erneut umgeräumt. Letztes Holz in die Küche getragen. Landkarte neu zusammengesetzt. An Iglu weitergebaut. Nachts wunderbares Sternengewölbe.

27. Jänner – 9 Grad C. Kein Wind.

Iglu beendet. Kleider umgeräumt, Wolldecken, Schlafsack, Petroleumlaterne. Hefte. Lesestoff. Letztes Holz verfeuert, gekocht. Dann Hütte verlassen und Iglu bezogen.

28. Jänner.

Arbeit am Heft.

29. Jänner.

Dito.

30. Jänner.

Schreiben. Schnaps. Portwein. Schöner Blick über den Gletscher, hinab ins Tal. Moby Dick im Eis versenkt.

31. Jänner.

Marod. Starkes Schneetreiben. Nebel.

1. Februar.

Da. Heft. Gestöber.

2. Februar.

Dschungel? Hitze? Land in Sicht? Die Uhr bleibt stehen. *9* Uhr. Umkehren? Heimzu? Klopft es an der Tür?

3. Februar.

Wasser schwappt in die Stube mir. Dreiecke an der Wand und gute Kreise. Die anderen warten schon. Setz mich vor den Bau zu bleiben.

9. Februar.

Sturm. Eis du

Das zweite Heft

Der Polarstern liegt in unmittelbarer Nähe des Himmels-Nordpoles. In sternenklaren Nächten zeigt er die Nordrichtung an. Man findet ihn, indem man im bekannten Sternbild des Großen Bären den Abstand der beiden hinteren Sterne etwa fünfmal um sich selbst verlängert. Seine Richtung läßt sich leicht auf den Horizont hinunterloten.

Während einer Reise, Jahre liegt sie zurück, machten wir Halt an einer Tankstelle, weitab von jedem Haus, nah am Ufer eines Sees. Der Tankwart, ein alter Mann, die Haare lohend weiß, bat uns in seinen Verschlag. Auf dem Sofa lagen Katzen, gut ein Dutzend, da wußten wir Bescheid. Der Alte trug Bier auf, sogar Teewasser wollte er aufbrühen, Spiegeleier braten nur für uns. Zuletzt lagen seine Katzen auf unseren Beinen, und ihre Krallen waren nur ein kleiner Schmerz. Vor den Fenstern war es dunkel geworden, und später machte der Alte Licht an.

Beaufortskala: Einteilung der Windstärke in Stufen von 0 bis 12, benannt nach dem englischen Admiral Sir F. Beaufort (1774–1852): (Wetterlexikon: S. 11–12).

Sollte sich im Garten einfinden, aufrecht, nachts. Gesträuch rundum, Gebell von Hunden.

Sollte sich zeigen lassen den Weg: Hinaus. Wo Felder sind und wo die See. Sollte sich erheben. Und bleibt liegen. Liegen.

Die Seekrankheit auf festem Lande: Dem wird das Feld zur See und jeder Berg zur Halluzination.

Die Orientierung nach dem Mond ist zu kompliziert und daher nicht in Betracht zu ziehen. Regentropfen: Kinderfäuste am Fensterglas.

Der Schlagschatten eines lotrechten Stockes weist morgens um 6.30 Uhr nach Westen, um 9.30 Uhr nach Nordwesten, um 12.30 Uhr nach Norden, um 15.30 Uhr nach Nordosten und abends um 18.30 Uhr nach Osten.

Was dies über das Ziel einer Reise sagt?

Im Gebirge verläuft das Wettergeschehen nach eigenen Regeln und Gesetzmäßigkeiten:
- Stark aufquellende Cumulonimbus deuten im Sommerhalbjahr stets auf Gewitter hin: Achtung: Im Gebirge kann sich ein Unwetter wesentlich schneller entwickeln als im Flachland;
- bei Gewittern von allen metallischen Gegenständen (Hammer, Pickel etc.) Abstand halten;
- Föhn birgt stets die Gefahr markanter Wetterstürze;
- Kaltfronten können selbst im Sommer binnen kürzester Zeit die Schneefallgrenze bis 1500 m sinken lassen;

- bei Sturmlagen muß im Hochgebirge mit extremen Windgeschwindigkeiten gerechnet werden;
- auffallende Sichtbesserung in den Tälern und zunehmender Dunst in den Bergen ist ein Zeichen für rasche Wetterverschlechterung;
- Nebel im Tal deutet meist auf sonniges Wetter im Gebirge hin;
- die beste Fernsicht herrscht auf Berggipfeln am frühen Morgen (Wetterlexikon: S. 12–13).

Der gegenüberliegende Fels sieht aus wie die Schulter eines Eingegrabenen. Regt er sich bald, steht er auf und steigt talwärts? Der Berg denkt. Der Gletscher denkt. Gelegentlich trete ich vor die Hütte, gehe ein paar Schritt und stampfe Worte in den Schnee. Hochgebirge. Menschenlos. Ablenkung. Schrift. Buch. Gespräch. Niederschrift. Brief.

Er half mir aufstehen und schob mich vor sich her an das geschlossene Fenster. ›Keine Sonne mehr‹, sagte er, ›wird es Abend?‹ Nachdem wir einiges gegessen hatten, traten wir vors Haus. Wirklich war es mittlerweile dunkel geworden, weshalb wir auch erkannten, daß wir vergessen hatten, im Zimmer das Licht zu löschen.

Wir nahmen nicht den Weg durchs Dorf.

Wir gingen den Waldrand entlang, bald im Laufschritt, bald ohne Eile. Wind brachte Baumkronen in Aufregung, und auch im Unterholz hörten wir ihn flüstern. Wir durchquerten ungemähte Wiesen, Felder und einen umgepflügten Acker.

Vor uns konnten wir bereits die Schatten der Schrebergartenhütten erkennen, da standen wir mit einem Mal auf dem asphaltierten Weg, welcher direkt in die Stadt führt. ›Und‹, sagte er, ›und?‹

Sie schoben mich in den großen Saal. Keiner schien sich für mich zu interessieren, schliefen doch alle weiter. Mein Bett stellten sie direkt unter das einzige Fenster. Gerne hätte ich mich bedankt, fand aber nicht die Worte und hob bloß die Hand. Später traten Besucher in den Saal, aber keiner der Patienten mochte sich erheben. Wozu aber auch? Ich hatte durch das Fenster gesehen, hinaus in einen Park, in dem hohe Bäume sich bewegten, nickten, ihre Kronen zeigten und verbargen. ›Halt‹, versuchte ich zu rufen, doch die Schwester lächelte. Ich lag auf dem Rücken und zeichnete mit den Fingern Worte in die Luft.

Da es jetzt die Wegbreite erlaubte, gingen wir nebeneinander. ›Wir werden die Stadt bald erreicht haben‹, sagte er. ›Sicher‹, meinte ich, als wir die ersten Häuser passierten. In einem herrschaftlichen Garten rauschte Buschwerk, schlugen Hunde an, weiter vorne sahen wir eine Straßenbahn, deren hellerleuchtete Waggons eben um eine Kurve verschwanden. Langsam und ungelenk, wie mir schien. Wir gingen dann weiter, schweigend und ohne an das Reisegepäck zu denken, das wir im Flur vergessen hatten.

Blizzard: Bezeichnung für einen heftigen Schneesturm in Nordamerika oder Kanada, verbunden mit äußerst tiefen Temperaturen. Der Blizzard zählt zu den für Mensch und Tier bedrohlichsten Wetterereignissen, da die Sturm- oder

Orkanstärke erreichenden Winde bei Temperaturen von oftmals unter -20 Grad C die Kältewirkung vervielfachen.

Ausgelöst werden Blizzards vor allem durch das großräumige Aufgleiten einer warmen auf eine kalte Luftmasse (Wetterlexikon: S. 16).

Deutlich wie ein Sternbild, das am Himmel steht.

In dem Landstrich zwischen den hohen Bergrücken, teilen sie nicht die Ebene in Gegenden, deren Bewohner sich seit jeher fremd sind, in jenem Landstrich also gibt es eine einzige Kathedrale.

Weitum ist ihr Turm zu sehen, und das Dach des Schiffes, das ein kleines Wiesenplateau sperrt, leuchtet an gewissen Tagen bis weit ins Hochland hinauf, als liege ein Spiegel im Tal, der den leeren Himmel zeigt. Dohlen, welche den Turm tagein, tagaus umflattern, scheinen ein unbekanntes Ziel zu verfolgen. Wirken ihre Landungen und Starts, ihre wechselnden Formationsanflüge und geschickt gesegelten Schleifen zunächst zufällig und ohne System, glaubt man bald Regelmäßigkeiten zu erkennen.

Gehen die Glocken, ist kein Vogel zu sehen, und die Menschen steigen aus der Hochebene, steigen aus den entlegenen Seitentälern und verborgenen Höfen und streben auf die Kirche zu.

Doch sie kommen nicht zum Gebet; sie tragen Äxte bei sich, Sensen und Gewehre.

Eine Dunkelheit, wie sie zwischen den Sternen herrscht.

... bis Gygax sich nicht mehr zu helfen wußte, das Fenster öffnete und den ganzen Zauber auf den Vorplatz warf: Den falschen Bart, die Fahrkarte, das Ruder, die Photographie vom Nebel und das Gesamtwerk im Lederschuber.

Was mit dem Handschuh?

Was mit dem Rucksack?

Was mit dem Zündholz, dem Fahrplan und der Holzente?

Was mit sich selbst?

Man halte das Zifferblatt der Uhr waagrecht und drehe es so, daß der kleine Zeiger gegen die Sonne gerichtet ist. Nun liegt Süden ungefähr in der Mitte zwischen dieser Richtung und jener des 12-Uhr-Striches.

Genau sind solche Bestimmungen nicht. Im Mittel für die Schweiz weicht die Südrichtung um cirka 7 m nach Westen von der nach obigem Verfahren ermittelten Richtung ab. Dies macht 14 m Querabweichung auf eine Entfernung von 100 m! Für die östlichste Schweiz (Engadin) beträgt diese Abweichung cirka 5 oder 9 m pro 100 m. Für ungefähre Orientierungen können solche Fehler vernachlässigt werden, denn es handelt sich hier um ein Schönwetterverfahren, so daß uns auf dem Marsche sehr bald andere Anhaltspunkte oder die Karte vor Irrtümern bewahren werden.

Als ich den Bergkurort erreichte, war es finster.

Ich stand auf dem Perron in der Nacht und sah den Schlußlichtern des Zuges nach. Am südlichen Ende des Talkessels zuckten Blitze, und seltsamerweise erinnerte mich dies an eine Reise, die Jahre zurückliegt. Damals war ich zu einem Kongreß eingeladen worden, auf dem ich triumphale Erfolge feierte.

Bei meiner Ankunft in den Bergen war offenbar niemand gekommen, um mich abzuholen. Bahnangestellte mußten mein Gepäck aus dem Waggon heben und unter das schützende Vordach karren. Doch dies geschieht mir oft, zumindest in letzter Zeit: Am Telefon heucheln die Veranstalter Verehrung, und den Verträgen liegt meist ein zwar kühler, jedoch persönlich abgefaßter Brief bei – abgeholt aber werde ich nur mehr selten.

Erst nach etlichen Minuten entdeckte ich den Mann. Er stand unter dem Vordach des bescheidenen Bahnhofes, unmittelbar unter der Uhr. Auf seinen Wink traten zwei Burschen aus der Dunkelheit und kümmerten sich unverzüglich um meine Kisten. Seit zwei Jahren reise ich alleine. Keiner meiner Assistenten taugte viel, ich jagte sie alle zum Teufel, einen nach dem andern. Die Burschen mühten sich fluchend mit meinen Kisten ab; Prachtstücke, die aber schwer sind wie Felsbrocken. Der Mann hatte sich mir als Sekretär des Veranstalters vorgestellt: »Herr Szenecki«, hatte er bedeutungsvoll erklärt, »ist leider anderweitig verpflichtet und unabkömmlich. Er läßt Sie jedoch höflichst grüßen und legt großen Wert auf die Feststellung, daß er sich auf Ihren Auftritt freut wie ein kleines Kind.«

Einer der Träger, ein ungehobelter Kerl, ließ meine Kiste gleiten und ihre Metallkante knallte zu Boden. »Vorsicht. Tölpel!« Der Sekretär wippte in den Knien, während er den Träger beschimpfte.

Ich zog ihn auf die Straße, und er verstummte sofort und

ging unterwürfig lächelnd neben mir her. »Sie müssen nämlich wissen, daß ich ein grenzenloser Bewunderer Ihrer Zauberkunst bin. Ihren Trick mit der verschwundenen Schreibmaschine habe ich bestimmt zehnmal gesehen. Verblüffend! Absolut verblüffend!« »Trick?« sagte ich leichthin, aber der Sekretär ging nicht darauf ein. Im Süden blitzte es noch immer, und die Donnerschläge rollten als schwaches Echo durch die Felswände.

Ich drehte mich um – die zwei Träger waren verschwunden und mit ihnen mein Gepäck.

»Keine Angst«, flüsterte der Sekretär, »keine Angst. Wir nehmen bloß einen anderen, einen lohnenderen Weg. Ihre Utensilien werden in Ihrem Hotelzimmer bereitstehen, wenn wir in einigen Minuten dort ankommen. Allerdings wird es bald regnen. Beeilen wir uns also!«

Die Straße führte nun in dichten Wald. Fern erhellten weiterhin Blitze Felswände und Lawinenerbauungen. Im Unterholz raschelten Tiere, was mich beruhigte. Weder vom Kurort noch vom Kongreßzentrum, das mir als großer Gebäudekomplex beschrieben worden war, hatte ich bisher etwas sehen können. Die Nacht war ohne ein Licht. Als stünde ich auf einem fremden Planeten, fernab jeder Zivilisation.

»Sie müssen wissen, daß Herr Szenecki von Ihrer Arbeit seit vielen Jahren fasziniert ist, rettungslos fasziniert. Und ich glaube, es ist begreiflich, daß er es nun an der Zeit findet, in Ihre Karten zu sehen.«

Ich blieb stehen, aber der Mann zog mich weiter.

»Das sollten Sie nicht tun. Wo wollen Sie denn hin, mitten in einer solchen Nacht. Das Gewitter zieht nicht ab, oh nein, das Gewitter kommt näher. Kommen Sie, gehen wir weiter!«

Windstöße fuhren in Büsche und Bäume, und das Grollen wurde tatsächlich zusehends lauter. Wieder erinnerte ich mich an meinen damaligen Triumph im Süden. ›Die Zukunft der Magie!‹ hatte ein großes, ein bedeutendes Boulevardblatt getitelt. Ich trug die Schlagzeile monatelang mit mir und zeigte sie oft und gerne herum. Die Zeitungsseite, bald war sie abgegriffen und vergilbt, war wie ein Orden, den man in einsamen Momenten gerne betrachtet.

Der Sekretär führte mich nun mit hartem Griff. Wir schwiegen beide.

Endlich fühlte ich mich frei von jeder Entscheidung. Ich wurde geführt wie ein störrisches Kind, welches gar nicht daran denkt, sich zu wehren.

Unter unseren Sohlen knirschte Kies; ein Blitz erhellte Kiefern an einem Abhang. Für den Bruchteil einer Sekunde hatte ich ein Bild vor Augen: Mein eigenes Leben, in völlig neue Bahnen gelenkt.

Ich machte mich entschieden frei und schlug dem Mann die Faust ins Gesicht.

Und als die ersten Tropfen durch die Blätter fielen, trat ich den Sekretär ins Unterholz.

Dann machte ich mich auf den Weg, Herrn Szenecki zu begegnen.

Frost: Temperaturen von 0 Grad C und darunter. Man unterscheidet Luftfrost (gemessen in zwei Metern Höhe) und

Bodenfrost (gemessen fünf Zentimeter über dem Erdboden). Da kältere Luft spezifisch schwerer ist als wärmere, sind die Temperaturen am Erdboden in der Regel niedriger als in der darüberliegenden Luftschicht, vor allem bei klarem Himmel und Windstille. Über einer Schneedecke kann die Bodentemperatur bis zu 8 Grad C und mehr unter der Lufttemperatur liegen. Bei geschlossener Bewölkung ist im Sommer und Herbst aufgrund der relativ warmen Erdschichten ein Heizeffekt mit etwas höheren Temperaturen unmittelbar über dem Erdboden zu beobachten (Wetterlexikon: S. 31).

»Betrachtet man das Ganze«, so Saalbruch, »und was sollte man anderes tun, stehe ich im Minimum, im unteren Drittel!«

Nun brüllt Saalbruch und steht im Kabinett, die Mütze in der Hand – drei Schritt vor und drei zurück: Am Boden hat er seine Farbstifte ausgelegt, Stummel, gespitzt und ungespitzt, »darauf kommt es eben nicht an«, so Saalbruch beherrscht, »die Marke der Stifte dagegen verdient Beachtung.«

Nie hat jemand sehen können, wie er das macht. Blitzschnell jedenfalls hat er jeweils die Stifte angeordnet. War das Kabinett eben noch leer, ist sein Fußboden im nächsten Augenblick mit Farbstiften bedeckt, die nach geometrischem Prinzip ausgelegt sind.

»Die Wut«, jetzt lächelt Saalbruch, hat seine Mütze tief in die Stirn gezogen, »die Wut hat nichts verloren in der Geometrie!« Später kniet er, zeichnet blind ein Dreieck an die Wand, Kreise und endlich ein Quadrat – in dem er Platz hat und verschwindet.

Leer das Kabinett. Schiffsparkett und Abendruh. Am Sims Konfetti, Schlangen aus Papier und ein Bleistift, rot, mit einem geschälten Ast zum Kreuz geleimt. Saalbruch lacht: Er schichtet Brennholz, nagelt, bohrt und spitzt den einen Bleistift stumpf.

»So schlimm hätt' ich's mir nicht gedacht,
Ein solch' Gebirge in der Nacht!« Goethe

Bergsteiger erkennen die ungefähre Nord-Süd-Richtung bei dichtem Nebel oft am Zustand des Schnees, am Ausschmelzen bei Fels, Steinblöcken, Tannen, Hütten usw. Besonders im Spätwinter sind solche Kennzeichen eindeutig. Auch bilden sich dann auf den Sulzschneeflächen feine, schräg nach Norden abfallende, von Süden her unterschmolzene Schneeblättchen. Ähnliche Richtungsweiser finden sich auch im Sommer auf Gletschern und Firnfeldern. Die Steinplatten oder Blöcke der Gletschertische neigen schräg nach Süden.

Entschlossen wird gearbeitet: »Also gut, dann stellen sie sich an das vordere Fenster und verschmieren den Marmortisch mit Dreck!« Gygax hob den Hut, zog Würfel – und verschmierte geschickt.

Karten sind verkleinerte, vereinfachte, inhaltlich ergänzte und erläuterte Grundrißbilder der Erdoberfläche oder von Teilen derselben.

Graupel: Niederschlag in fester Form mit einem Durchmesser bis maximal 5 Millimeter. Man unterscheidet zwei Graupelarten:

- Undurchsichtige Körner, die sich leicht zusammendrücken lassen (Reifgraupeln). Häufig bei kurzen, aber heftigen Schneegestöbern im Zuge einer lebhaften westlichen bis nördlichen Höhenströmung;
- Teilweise durchsichtige, im Gegensatz zu Reifgraupeln jedoch feste Körner, die zusammen mit stürmischem Wind bereits leichte Schäden anrichten können. Sie treten vor allem im Sommerhalbjahr in Verbindung mit Schauern oder Gewittern auf.

(Wetterlexikon: S. 39)

Disloziert, von Hier nach Da. Stetig die Winde, Graupel und setz mich ins Papier.

Der Bürge. Die Hurde. Das Gewehr. Wer sortiert die Farben, zählt das Genick, die Wut, das Dickicht? Wer sägt, wer bellt? Hilft das Buschfeuerzeug, die Messinghand, der Zirkel, hilft Beethoven, der Baumwollfetzen, das Gesicht am Fenster? Schadet das Zittern unserer Hände, das Kanu mit dem Leck, die Viererkolonne, schadet Finnland, das Beinhaus, der Stoffhase, der Löffel in der Tasche?

Was sagt der Verwalter, der zufällige Passant, die Steckrübe, der Wolf, die Angst, was der Schnee, was die Wolke, der Nachbar mit dem Videorekorder, was Mozart, was Rueda.

Der Eigner des Gutes trat, eben hatte er die Manschetten seiner Ledergamaschen geschlossen, auf die Veranda seines Anwesens, nahm das Gewehr aus dem Schrank und winkte den Pflegern. So machte man sich auf den Weg, als Konvoi, abenteuerlich anzusehn, derweil das Telephon klingelte, in irgendeinem Zimmer im oberen Stockwerk, wo die Herrin lag und träumte …

Mein Hund, dies im Vertrauen, besitzt mehr Mut und mehr Courage als die ganze Brut!

Bergisolation. Gletscherhaft, freiwillige. Das Tal und damit Sils weiter entfernt denn je. Näher sind mir die eingeschneiten Gipfel, die Schrunsen, vereisten Couloirs, durch welche Eislawinen niedergehen. Nah ans Haus rücken Wächten, an denen die Bise herumfräst, nachts vor allem, was dann klingt, als werde um die Hütte gearbeitet, gearbeitet mit Schneidbrennern, Kompressern, Bohrern, Schweißgeräten. Trete ich am Morgen vor die Hütte, hat sich dann aber kaum etwas getan, zumindest auf den ersten ungenauen Blick. Sehe ich länger hin, bemerke ich, daß die erwähnten Schneewächten von Nacht zu Nacht ihre Gestalt verändern; der Wind, der Wind …

Lawinen: Zu Tal stürzende Eis- und/oder Schneemassen. Man unterscheidet hauptsächlich zwei Lawinenarten: Die Trocken- oder Pulverschneelawinen, welche unter Erzeugung von teilweise extremen Druckwellen mit Geschwindigkeiten bis zu 300 km/h niedergehen, und die Naß- oder

Pappschneelawinen, die durch ihr großes Eigengewicht besonders schwere Zerstörungen anrichten können.

Entstehung: Pulverschneelawinen treten ausschließlich bei Dauerfrost auf, entweder in Verbindung mit erheblichen Neuschneemassen, die auf einer glatten Unterlage (z. B. verharschter Altschnee) keine ausreichende Haftung haben, oder als Folge von abrutschenden Triebschneeansammlungen an Windschattenseiten. Naßschneelawinen gehen dagegen bei Tauwetter oder an Tagen mit kräftiger Sonneneinstrahlung nieder, wenn die Festigkeit der Schneedecke aufgrund der Erwärmung nicht mehr gewährleistet ist.

Man beachte:

- Bei Neuschneemengen über 20 cm kommt Lawinengefahr auf, bis 50 cm ist sie mäßig groß, über 50 cm akut;
- starke Winde können erhebliche Schneeverfrachtungen verursachen, bevorzugt an süd- bis ostgerichteten Steilhängen;
- plötzliche Warmlufteinbrüche erhöhen stets die Gefahr von großen Naßschneelawinen;
- bei Tiefdruckgebieten über dem Mittelmeer besteht im gesamten Alpenraum verschärfte Lawinengefahr.

(Wetterlexikon: S. 55–56)

Gletscherabwärts Männerstimmen; Arme schwingen mag ich nicht, Raketen steigen lassen auch nicht. Schweigen. Warten. Bis wann. Worauf. Auf wen. Die Arme still am Oberkörper, die Hände still am Blatt Papier, die Füße still in Schuhen; ruhig. Hat man nicht? Arrest. Abführen.

Schädeldecken. Echsenpanzer. Tee koch ich, Absud und Notate, Pfefferminz und Blei. Fallsucht.

Seine Konstruktionen an der Wandtafel hatte er gerne betrachtet, die Zahlen, Berechnungen, die Lösungen. Nun zittern selbst die Hände, wenn er ruhig sitzt – das ist die Dünung! Sie hebt den Gletscher, senkt ihn, hebt ihn, auf und nieder.

›Das Schulmeisterlein‹, hieß es im Dorf, mit seinen zwei Amouren. Die Touristin aus Dortmund. Die Apothekerin im Unterland, die Schöne, die den Geometrielehrer aus dem Rheintal in die Berge getrieben hat.

Schnee: Niederschlag in Form von Schneekristallen bei Temperaturen nahe oder unter dem Gefrierpunkt. Betrachtet man Schneeflocken unter dem Mikroskop, fällt auf, daß sich die Struktur jeder Flocke unterscheidet.

Die ergiebigsten Schneefälle treten meist bei Temperaturen auf, die gerade noch Schneefall zulassen (bis ca. +3 Grad C). Ist der Schneefall mit kräftigen Winden und Temperaturen unter 0 Grad C verbunden, sind Schneeverwehungen möglich.

Ein Zentimeter frisch gefallener Schnee entspricht etwa der Menge von 1 mm (Liter pro Quadratmeter) Regen. Schnee wird, wie die anderen festen Formen von Niederschlag auch, zur Bestimmung seines flüssigen Volumens geschmolzen (Wetterlexikon: S. 81).

Lauft langsam Hunde, langsam durch die Nacht.

›Lauter sollst du singen, Gadient!‹, so der Pfarrer und vor der Kirche eines Nachts der tote alte Mann, mit dem ausgebreiteten Mantel im Schnee und dem Hut am Zaun, als habe er sich dafür Zeit genommen vor dem letzten Sturz: Ordnung zu schaffen, den Hut abzulegen in seinem letzten Heim.

»Nur wo Gräber sind, gibt es Auferstehungen.« Nietzsche

Und wenn mit dem Tod gar nichts getan ist?

Warf den Proviant von Bord, Kisten, Flaschen, Kartons, Büchsen: Sack um Sack, in den Sand.

Nicht ein Geheimnis zu dulden Nicht in der Geographie
Noch in der Geschichte dieses Planeten Noch

Über das Blatt wegfliegen, den Stift gezückt, so stumpf er ist. Die Fenster weit geöffnet, die Hütte aus dem Sinn und das letzte Holz verfeuert. Gewinnen? Das Dreieck, Herr Lehrer, ist gezeichnet, konstruiert der Kreis. Wehmut, Freund, und übern zugefrorenen See gejagt. Weltbild.

Mein Hund.
Mein Wald.
Mein See.
Mein Gletscher.

Es gab keine Menschenwege. Es gab Flußläufe, Tierfährten. Die Vögel mieden feindselige Gipfel; sie nützten Pässe,

Furten, Sättel im Gestein und selbstverständlich auch den Wind.

Ach ja: Der Geometer hatte die Waldung vor Einbruch der Dämmerung verlassen und sich dann auf die Klippen gelegt, um die Nacht am Wasser zu verbringen. In der Früh saß er im Wind, der landwärts blies, und wußte mit einem Mal, daß er nichts besaß, mit dem er gegen die Welt hätte antreten können.

So nahm er Stift, Papier und ging daran, sie neu zu zeichnen, seine Welt.

Man hat die Namen der Städte genauso vergessen wie die Namen die man den Dörfern gab den Flüssen und den Tälern Man hat vergessen was man verließ und man hat vergessen wohin man unterwegs war

Endlich war man da man saß Sollte man lachen oder weinen

»Dann stürzte alles in sich zusammen, und das weite Leichentuch des Meeres wallte fort wie seit fünftausend Jahren.«

Der Autor dankt
der Schweizer Kulturstiftung PRO HELVETIA
für die Unterstützung dieser Arbeit.